KB047224

봄은 핑계고

놀고 먹고 일할 결심

봄은
핑계고

놀고 먹고

일할 결심

이주연
지음

넉스톤

목차

프롤로그

봄은 이미 우리 맘속에

'빨리빨리' 9

봄은 핑계고 18

1부

서촌

떠밀리듯 서촌행 24

단점이 확실한 집 29

집의 단점을 가려준 서촌 32

가져본 적 없는 고향을 그리워할 때 37

벽안의 서촌 길잡이 41

서촌을 향한 보편타당한 마음 44

근대 서울을 기억하는 동네 47

알고 보니 벚꽃 맛집 50

조선시대에 이미 맛집 55

봄에 놀 결심 61

서촌이 물고 온 박씨 같은 인연들 67

차곡차곡 술 마실 핑계 71

생물처럼 변화하는 동네 75

2부

옥인연립

너의 첫인상 82

모두가 등돌린 폐가 85

나름의 믿는 구석 88

'텃새'라는 변수 93

구옥을 향한 새로운 시선들 97

아카시아향과 함께 입주했습니다 102

내 곁에 아직 봄이 있음에 105

옆집이었어야 했나 109

집에서 가장 마음에 드는 곳은요 112

앞뒤가 다른 풍경 115

자연의 섭리를 이겼는지, 어겼는지 119

느티나무 살리기 122

죽은 나무가 남긴 뜻밖의 선물 128

언감생심 오를 생각 133

3부
시네밋터블

남편의 효용 140

위기가 기회라 했던가 144

지폐 한 장의 위대한 힘 147

작명의 신 152

〈기생충〉의 영예를 등에 업고 154

사실 시네밋터블도 놀 핑계 157

봄의 간판 프로그램 160

봄이 허락한 퍼포먼스 163

시네밋터블을 찾은 각양각색의 마음 167

메뉴 짜는 즐거움 혹은 고단함 172

'부캐'가 '본캐'에 미치는 긍정성 176

4부

구니니

'구니니'라는 단일한 이름의 고양이 182

길에서 품종묘를 만나는 행운 혹은 불행 186

20평짜리 고양이 집을 지었구나! 193

구니니의 계절 199

역시 봄은 고양이로다 204

인간이 고양이에 열광하는 진짜 이유 209

졸음을 가져가는 존재 213

5부

미식

애간장 태우는 애쑥 222

깨소금 입힌 냉이, 그것은 맛의 뫼비우스 띠 227

'개'맛있는 개두릅 231

인생 최고의 목걸이 235

허브보다 몇 수 위의 봄나물 240

나의 계절, 나의 과일 244

겨울에 빼앗긴 딸기 247

기후 위기 시대에 딸기가 주는 메시지 251

봄은 이미 우리 맘속에

'빨리빨리'

SNS의 영향으로 전 세계의 시계가 빨라진 걸까. 이제는 한국인의 기질을 설명할 때 '빨리빨리'라는 단어를 예전만큼 떠올리지 않는 것 같다. 전 세계가 빨리빨리의 굴레에 갇힌 건 아닐지. 어쩌면 우리가 매운맛으로 전 세계 혀를 마비시켰듯, 아찔한 속도의 맛에 중독되게 하는 몹쓸 짓을 또 했는지도 모른다. 우리 민족은 하 빠른 걸 좋아하여 국가 번호도 '82'를 부여받았다고 농담할 정도로 성미가 급하기로 악명 높다. 조급한 성격 탓에 경을 칠 일도 많이 벌였다. 국가 재난 수준의 사고도 빵빵 쳤다. 그리하여 많은 사람이 뭐든 빨리빨리 대충대충 하는 자국의 성향을, 신중한 국민성을 가진 타민족과 비교하며 개탄한다. 간혹 비하하는 사람도 있으나, 그들도 특정 순간이 닥치면 한국인으로서의 기질을 숨기지 못하는 게 우리네 슬픈 현실이다.

　나부터가 성미가 급하다. 네 개 윷가락을 호탕하게 던져 말을 빨리 이동하면 이기는 윷놀이에는 흥미를 느껴도, 가다 멈추기를 반복하며 미션을 수행해야 하는 부루마블은 영 지루해하는 점을 스스로 부끄럽게 여긴 적이 있다. 심각한 상황에 맞닥뜨려 씩씩 열을 내다가도 코가 삐뚤어지게 술을 마시고 다음 날 대충 무마하는 애매한 태도도 영 마음에 들지 않았다. 화끈하다 해야 할지, 무책임하다 해야 할지… 복잡한 심정이다. 그런데 나의 이러한 조급하고 안이한 성미가 우리 조상이 한반도에서 살아남기 위해 수천 년 동안 DNA에 새겨 물려준 일종의 필승 전략이라는 사실을 알고 난 후로는 조금씩 마음이 편해졌다. 어쩌다 보니 SNS의 발달로 빠르게 변하고 변화에 적응하는 것이 21세기 인간의 새로운 덕목으로 조명받는 지금은 급한 성미가 살짝 자랑스럽게 느껴지기까지 한다.

　과거에 우리 민족이 살아남기 위해 빠른 판단으로 치고 빠져야 했던 이유는 기후 영향이 컸다. 대한민국은 거대한 아시아 대륙 동쪽 끄트머리에 붙어 있으며, 남쪽으로는 세계에서 두 번째로 큰 난류가 흐른다. 대륙성 기후와 해양성 기후의 영향을 고루 받는 우리나라는 작은 땅덩이에도 불구하고 사계절이 무척 뚜렷하게 발달했다. 멋모르고 우리나라에 온 외국인들이 혹독한 추위와 무참한 더위를 한 해에 모두 겪고 화들짝 놀라곤 한다. 영상 40도를 웃도는 여름을 경험하고 더운 나라인 줄 알았는데, 겨울 날씨는 영하 20도를 밑돌다니. 이처럼 극악한 기후 속에서도 살아남은 한국인의 강인함에 혀를 내두른다. 더군다나 한반도의 7할을 산이 차지하고 있어 지역마다 바람이 꺾이거나 거세지며 기후는 더 극단적인 성향을 띤다.

예부터 농경 사회를 일궈온 우리나라는 농사를 지어 배를 불리고 옷을 해 입고 집을 지었다. 농사만이 살길이었다. 그런데 사계절이 뚜렷하다 보니 계절의 시간, 즉 때에 맞춰 일하지 않았다간 1년 치 농사를 고스란히 망쳐 온 마을이 죽을 고비를 맞아야 했다. 봄이 오면 재깍재깍 밭을 갈고 물을 대고 씨를 뿌리며, 여름 내내 잡초를 뽑아야 가을에 겨우 결실을 맺을 수 있었다. 곡식이 영글었다고 마음 편히 하루 이틀 내버려두고 놀았다간 기껏 키운 알곡을 짐승들에

11

게 다 뺏기기 일쑤였다. 곡식을 거둬들이는 순간까지 한시도 긴장을 늦출 수 없었다. 계절이 확확 바뀌는 환경에서 여유 부렸다간 굶어 죽기 십상이니 계절의 성미에 따라 우리 성격도 급해질 수밖에 달리 도리가 없었다.

살아남으려면 땅의 절반 이상을 차지하는 산을 그냥 내버려둘 수 없었다. 기적을 일으켜서라도 논밭으로 만들어야 했다. 하지만 험하고 거친 산악 지대를 생산력을 지닌 땅으로 바꾸는 건 보통 어려운 일이 아니었다. 한 번 개간했다고 한들, 폭우로 흙이 무너져 하루아침에 애써 개간한 농토를 잃곤 했다. 경운기 같은 농기계도 없었다. 오로지 쇠심과 인력으로 산기슭이나 산비탈을 쓸모 있는 땅으로 일궈야 했다. 농경 사회로 국가의 기틀을 마련한 전 세계 여러 민족 중에서도 우리나라 사람들이 유독 마을 단위로 똘똘 뭉쳐 협동심을 키워야 했던 이유다. 전라남도처럼 심는 족족 작물이 자라는 곡창 지대도 있지만, 대부분의 땅은 농사 난도가 극악할 수준이었다. 계절의 변화를 쫓기도 바쁜데 농사 강도도 높으니, 살아남기 위해 완벽을 기하기보다 빠르게 판단하고 움직여서 대충이라도 주어진 시간 안에 자기 몫의 일을 해내야 했다. 다행인 건 우리나라 사람들은 손끝이 야무지고 꼼꼼해 빨리빨리 하면서도 어느 정도 완성도를 갖췄다는 점이다.

동틀 무렵, 어제의 피로가 채 풀리지 않은 무거운 몸을 이끌고 꾸역꾸역 논밭으로 나간다. 꼬박 여섯 시간 일해야 겨우 굽은 허리를 잠시 펼 수 있다. 새참 시간이다. 배를 불릴 음식은 그때그때 바뀌어도 막걸리는 결코 빠져선 안 될 음료다. 새참을 '술참'이라 부른 이유도 이 때문이다. 고된 노역으로 목이 타고 당이 바닥을 치며 뇌는 그만 일하라고 다그치니 당장 목을 축이고 당을 끌어올리는 동시에 파업 직전의 뇌를 잠시 마비시킬 마법의 음료가 필요했다. 막걸리 한 사발 꿀떡꿀떡 삼키고 잠시 단잠을 자야 오후에도 마저 일할 수 있었다. 퇴근 시간은 따로 없었다. 그저 해 떨어지길 기다릴 뿐. 저 멀리 마을 초입에 땅거미가 스멀대면 그제야 낫과 곡괭이를 집어던지고 집으로 돌아갔다. 고단하니 또 고봉밥에 술을 마셨다. 그래야 밤새 끙끙 앓지 않고 팍 쓰러져 잠들 수 있었으며, 숙면을 취해야 피로도 어느 정도 해소됐다. 우리나라 사람들은 예부터 배가 크기로 유명했다. 조선시대 밥 한 공기가 지금의 다섯 배 분량이며, 한 자리에서 복숭아를 50알씩 먹었다고 한다. 이는 다른 나라 사람들은 상상할 수 없는, 시간에 쫓겨 죽기 살기로 하는 노역 때문이었다. 그렇게 먹고도 30년을 겨우 살았다니 노동의 강도가 우리의 상상을 초월했을 게다.

우리가 일할 때 확실히 하고, 놀 때 확실히 노는 화끈한 성격을 가진 것도 수천 년 동안 계절에 쫓기며 허겁지겁 농사일을 하느라 굳은 습성 중 하나다. 누군가는 원래 우리 민족은 느긋한 성격이었으며, 한참 늦은 근대화의 속도를 쫓아가려고 발버둥 치다 성격이 급해졌다고 주장한다. 하지만 애초에 느긋한 성격이었다면 그토록 빨리 근대화에 성공하지 못했을 것이다. 우리나라가 개도국 중 선진국의 반열에 오른 유일한 사례라고 하지 않는가. 원했든 원치 않았든 계절의 등쌀에 살아남기 위해 바삐 몸을 놀려온 덕에 이룰 수 있던 기적이다. 물론 그 과정에서 일어난 뼈아픈 과오들을 떠올리면 그렇게까지 조급할 필요가 있었을까 의구심이 들지만, DNA에 새겨진 어쩔 수 없는 기질 탓이라고 생각하니 마음이 조금이나마 누그러든다. 한편, 술을 좋아하고 즐기는 성향 또한 1년 내내 강도 높은 육체노동에 시달린 탓이다. 수천 년에 걸쳐 굳어진 경향이다.

현대 사회는 더는 농경 사회가 아니며, 계절을 거스르는 다양한 기술이 발달하여 예전만큼 계절이 삶의 중요한 요소를 차지하지 않는다. 우리는 더 이상 온몸이 부서져라 계절을 쫓거나 계절에 쫓기지 않는다. 계절은 그저 우리의 삶을 즐겁게, 때로는 귀찮게 하는 부수 요소로 변했다. 그럼에도 계절로 인해 굳어진 우리 기질은 여전하다. 계절을 대하는 태도는 변했어도 계절이 우리의 정신을 만들고 지배한 사실은 지금도 유효하다. 계절이 이미 우리 마음에 깃들어 있다는 점에서 계절을 새로 볼 필요를 느낀다. 나아가 혹한과 혹서를 두루 갖춘 계절성이 오늘날 우리 생존에 긍정적 영향을 미친다는 사실을 감안하면 더욱 그렇다. 지구온난화는 단순히 지구의 온도를 끌어올리는 현상으로 끝나지 않는다. 다양한 이상 기후를 부른다. 그중 하나가 해류의 흐름이 약해지며 대기가 정체돼 뜨겁거나 차가운 바람이 한곳에 오래 머무는 현상이다. 그로 인해 기록적인 추위와 더위가 이어지며 전 세계 사람이 고통받고 있다. 우리나라도 마찬가지다. 하지만 우리는 작은 땅덩이에 혹한과 혹서가 공존하니 집마다 냉난방 시설을 잘 갖추고 있는 등 기후 위기에 어느 정도 대비가 됐다 할 수 있다.

겨울은 사계절 중에서 유독 길고 혹독하게 느껴진다. 우리는 하루빨리 겨울의 속박으로부터 벗어나기를 희망하며, 봄을 손꼽아 기다린다. 하지만 봄은 쉽사리 오지 않는다. 달력의 숫자는 이미 봄이 왔다고 하거늘, 봄의 기운은 영 요원하다. 겨울 동안 한반도를 지배한, 북쪽에서 불어온 삭풍은 물러날 기색이 없어 보인다. 남쪽에서 불어온, 새로운 세력인 훈풍과 삭풍이 우리 머리 위에서 기 싸움을 벌이며 기온이 올랐다 내렸다를 반복한다. 비가 오락가락하기도 한다. 이러한 까닭에 날씨가 영 변덕스럽고 바람은 차지만, 우리 마음속엔 이미 봄이 완연하다. 추워서 부들부들 떨면서도 봄옷을 입고 밖을 쏘다닌다. 실제로 감각할 수 있는 봄은 닿을락 말락 하나, 이미 마음에는 봄이 와닿아 새순이 돋고 꽃을 피운 격. 봄을 기다리는 마음을 들여다보면 계절은 물상인 동시에 심상임을 알 수 있다. 계절은 우리 마음속 깊이 깃들어 있다. 조상으로부터 물려받은 기억과 몸소 겪은 감각을 통해 우리는 계절을 내면화하며 살아간다.

하지만 오늘날 봄은 마냥 반가운 손님만은 아니다. 중국에서 불어오는 바람에 모래 먼지가 잔뜩 실려온다. 지구온난화로 중국 대륙이 바쩍 마르며, 황사는 우리의 생명을 위협할 정도로 심각한 수준에 다다랐다. 봄은 원래 대기가 건조하며 영서 지방에서 영동 지방으로 부는 서풍의 영향으로 강원도를 중심으로 산불이 크게 번지는 경향이 있었다. 하지만 근래에는 온난화로 봄에 건조한 고기압이 정체되어 전국의 흙과 나무를 불쏘시개처럼 바싹 말린다. 공기에 수분을 다 빼앗긴 흙과 나무는 작은 불씨에도 몇 날 며칠을 활활 타오르며 산과 우리 삶의 터전을 집어삼키고 있다. 봄이면 한반도 여기저기서 들려오는 산불 소식에 심장이 조여올 지경이다. 하지만 인간이 마음을 졸이든 말든 봄은 어김없이 찾아와 꽃을 피운다. 잿더미 속에서도 꽃은 핀다. 우울한 소식에 한껏 침울해 있다가도 작은 생명이 꽃망울을 터뜨리는 광경을 목도하는 순간 우리는 우울을 망각하고 기뻐한다. 봄은 새로운 생명에만 다정하지 않다. 겨우내 살아남기 위해 비참할 정도로 옹송그리고 있던 생명에도 격려를 아끼지 않는다. 새로운 삶의 활력을 불어넣는다. 이미 낡고 늙은 생명에도 새 생명과 같은 다정한 기운을 불어넣기에, 생의 한복판에 선 우리도 가슴속 깊이 꺼져가는 불씨를 살려줄 봄의 따뜻한 입김을 기다리고 반긴다.

봄은 핑계고

어느 화창한 봄에 태어난 나는 모든 생명이 그렇듯 살아가며 숱한 선택의 기로에 놓였다. 그중 성공도 있고, 실패도 있었으며, 성공도 실패도 아닌 미생으로 끝난 것들도 많았다. 돌이켜보면 그중 봄에 내린 선택과 결정이 비교적 성공의 타율이 높았던 듯싶다. 나는 따로 결혼식을 올리지 않아 사람들이 왜 봄에 결혼하기를 선호하는지는 여전히 모르나, 그럼에도 불구하고 봄에 결혼했다. 연초에 결혼을 결심하고 살 집을 마련한 후 봄에 신혼여행을 다녀와 살림을 합쳤다. 결혼이 성공적이었느냐 물으면, 모르겠다. 그럼에도 여전히 이혼하지 않고 함께 사는 걸 보면 아예 실패한 건 또 아닌 듯싶다. 봄에 결혼하며 삶의 터전을 서촌으로 옮겼으며, 그로부터 네 번째 찾아온 봄에 서촌에 아예 뿌리내릴 결심을 하고 '옥인연립'이라는 구옥을 사 집을 고쳤다. 아카시아꽃 피는 시절에 헌 집을 새집으로 바꿔 들어오자 봄처럼 보드랍고 포근한 고양이 한 마리가 찾아왔다. 프리랜서 4년차에 불현듯 마주한 보릿고개를 힘겹게 넘은 후 남편과 함께 영화와 미식을 접목한 소셜 다이닝 '시네밋터블Cinemeetable'을 시작한 것도 2020년 어느 봄날이었다. 나는 여전히 봄에 고쳐 들어온 연립에서 봄과 함께 나를 찾아온 고양이와 살며, 남편과 봄에 시작한 시네밋터블을 운영하고 있다. 현재의 나를 이야기하는 데 봄을 빼놓을 수 없는 이유다.

그렇다고 이 책이 서촌살이를, 구옥 리모델링을, 소셜 다이닝 운영을, 고양이 입양을 부추기는 건 아니다. 사람마다 어울리는 삶의 풍경은 다를 테니. 그저 남녘에서 불어온 따뜻한 봄바람이 살살 밀어준 덕에 할 수 있던 결심들이 어떻게 한 사람의 삶의 풍경을 결정 지었는지 이야기하려 한다. 옛날부터 입버릇처럼 읊은 말이 있다. "한마디로 정의할 수 없는 일은 성공할 수 없어!" 그런데 돌이켜보면 나는 한 번도 한마디로 정의할 수 있는 일에 매달려본 적이 없는 것 같다. 2010년 출간한 크루즈 책은 가이드북인지 에세이인지 정체가 애매했으며, 2014년 연 가게는 수식어로 붙인 '우리 술 바'로 명징하게 설명되면 좋으련만, 우리 술 중에서도 사람들에게 익숙한 '화요', '일품진로' 등의 대기업 술과 막걸리 일체를 제외한 청주와 증류주만 취급하는 술집이었다. 프리랜서로 일한 지 8년 차에 접어든 지금은 '미식 기자'라고 얼버무리지만, 먹고 살기 위해 온갖 일을 다 하고 있다. 시네밋터블도 이해하기 쉽게 '영화와 미식을 접목한 소셜 다이닝'이라 정의 내렸으나, 소셜 다이닝은 프로그램의 반쪽짜리 개념으로 엄밀히 말하면 정확한 설명이 아니다.

이 책도 그렇다. 사람들이 무슨 책을 쓰느냐고 물으면 한마디로 정의 내리지 못해 머뭇머뭇 입술을 달싹이곤 했다. 분명 사계절 시리즈의 일환으로 봄을 맡아 쓰는데, 쓰다 보면 봄은 온데간데없고 보잘것없는 내 이야기가 이음차고 있다. 나무 이야기를 하도 해서 어떨 때는 봄을 빙자한 나무 이야기인가 싶기도 했다. 봄 이야기를 버무린 놀고 먹고 일한 이야기라 해야 할까. 한마디로 정의 내리지 못하니 내가 뱉은 말처럼 될까 짐짓 걱정이 된다. 저런 말은 왜 하고 다닌 걸까, 내 자신이 원망스럽기도 하다. 아무튼 이 책은 그러니… '봄은 핑계고' 각자 사는 이야기, 나만의 봄 이야기를 해보자는 가벼운 마음으로 썼다. 그래, 바쁘다는 핑계로, 매년 온다는 이유로 아까운 봄을 지나쳐 보내지 말고, 봄의 다정한 기운으로 1년을 버틸 긍정의 에너지를 온몸과 온 정신에 채워보자는 제안서라고 해도 좋겠다. 봄의 기운은 값을 매길 수 없는 무가지보無價之寶의 에너지인 동시에 만인에게 평등하게 주어지는 덤이니 복잡한 생각일랑 내려놓고 나가자, 밖으로.

나는 종종 서촌이 생물 같다고 생각한다. 사람이, 공간이 들고
나는 것에 따라 동네 분위기가 획획 달라진다고 여기다가도,
곰곰이 생각해 보면 유구한 이 땅이 새로운 재미를 찾아
기지개를 켜고 엉덩이를 들썩들썩하며 동네 분위기를 바꾸는
게 아닌가 싶다.

서촌은 조선시대부터 예술가가 모였을 것 같지만, 실제론
연대에 따라 터줏대감이 달랐다. 원래 왕가가 차지하던 곳에
성종 대에 이르러 사대부들이 슬금슬금 들어왔으며, 훗날에는
중인들이 차지했다. 청와대와 경복궁, 인왕산에 둘러싸여

1부

서촌

개발이 제한된 서촌은 오랜 시간 주거 지역으로 기능하다가
지난 10여 년 사이 새로운 상권으로 변모했다.
아마도 백제시대부터 사람이 들어와 살았을 서촌은 지금 가장
급변하는 격동기를 맞고 있다. 이 들썩이는 기운이 나쁘지
않다. 가끔 외출길에 새롭게 유입된 가게와 사람을 만나면
그들이 내뿜는 기대감에 덩달아 설렌다. 서울에서 가장
오래고도 새로운 동네랄까.
서촌처럼 고유하되, 동네에 태동하는 새 기운을 흡수하며
조금씩 변화하는 사람이 되고 싶다.

떠밀리듯 서촌행

결혼을 결심한 2013년, 나는 인사동, 남편은 신사동에 근무했다. 각자 사정을 고려했을 때 신혼집을 3호선 위에 마련하는 게 유리하다고 판단했고, 자연스레 중간 지점인 약수·금호·옥수를 떠올렸다. 그 일대가 지금처럼 개발되기 전이었다. 우리는 며칠 동안 집을 찾느라 약수·금호·옥수 일대를 헤맸다. 오랜만에 꺼내봐도 좋은 기억 한 점 떠오르지 않을 정도로 유쾌하지 못한 시간이었다. 공룡의 척추처럼 길고 거대한 왕복 8차선 도로가 동네를 떡하니 가로막고, 그 위로 고가도로가 나란히 흐르며 사람들 위로 검은 그림자를 드리웠다. 대로를 중심으로 실골목들이 갈비뼈처럼 촘촘히 뻗고 그 사이사이로 집과 상가가 도열해 있었지만, 아주 작은 실골목마저 차량의 유입이 잦았다. 인도가 좁거나 차도와 경계가 흐릿해 걷는 내내 지나는 차와 사람을 신경 써야 했다. 그 긴장감이 겨울철 추위만큼 사람을 얼어붙게 했다. 철갑을 두르고 사납게 달리는 차들처럼 나 또한 이곳에 머물기보다 어디론가 빠르게 흘러가야 할 것 같았다. 특히, 우리처럼 한정된 예산 내에서 집을 찾으려는 이들에게 그 일대는 혹독하리만큼 냉담했다.

그 주변에선 도저히 우리 둘 마음 붙일 곳을 찾지 못할 것 같았다. 아늑한 둘만의 보금자리를 구하리라는 단꿈에 서서히 금이 갔다. '빌라'라는 어여쁜 이름을 달고 '집'의 탈을 쓴 막집들을 보며 경악하고 절망했다. 내가 번 돈 내가 흥청망청 쓰겠다는데 무슨 문제냐며 분탕질한 지난날이 후회스러웠고, 나 자신의 경제 수준이 한심스러웠다. 당장 주저앉아 목 놓아 울고 싶었지만, 자괴감에 빠진들 해결될 문제가 아니었다. 상황을 역전시킬 묘수가 필요했다. 그때, 서촌을 떠올렸다. 서촌도 지금 같지 않던 시절이었다. '서촌'이라고 하면 대부분 '서초'나 '석촌'을 떠올릴 때였다. 남편은 신사동에 살며, 그 동네에 있는 회사에 다니면서, 그 일대에서 모든 걸 해결할 정도로 생활 반경이 좁은 사람이었다. 당연히 서촌의 존재를 몰랐으며, 약속 장소로 경복궁역도 멀다고 마다했다. 약수동의 한 낯선 골목에서 막막함에 둘이 묵묵히 서 있을 때 남편에게 넌지시 경복궁역까지 가보자고 제안했다. 거기 서촌이라는 동네에 빌라와 한옥으로 이뤄진 주거지가 있다며. 남편은 처음에는 경복궁역까지 가면 자기는 출퇴근을 어찌하느냐며 역정을 냈으나, 이내 따라나섰다. 그저 그 골목을 빨리 벗어나고 싶었는지도 모른다. 약수동이었으니 경복궁역까지 가깝기도 했고.

막상 경복궁역에 내리니 막막했다. 아는 공인중개사 사무소가 없었으며, 어디로 가야 있는지 감도 안 잡혔다. 경복궁역에서 머뭇대자 남편이 슬슬 골을 냈다. 나는 이곳 지리에 훤한 것처럼 너스레를 떨며 익숙한 '금천교시장'을 향해 성큼성큼 걸어갔다. 2011년, 평창동에 사옥을 둔 잡지사에 근무할 당시 동료들과 금천교시장 입구에 위치한 '안주마을'을 자주 찾았더랬다. 참고로 언젠가부터 제 이름 대신 '세종마을 음식문화거리'라는 엉뚱한 명찰을 단 금천교시장은 그때만 해도 시장의 모습을 유지하고 있었으며, 안주마을도 요릿집보다 실내포장마차에 가까웠다.

어떻게든 중개소를 찾아야 했다. 시장 골목을 절반쯤 접어들자 거짓말처럼 중개소가 나타났다. 안도감에 스스럼없이 문을 열고 들어갔다. 진실만을 말하게 하는 물약을 먹은 양, 초라한 예산을 다짜고짜 실토하며 수준에 맞는 집이 있는지 물었다. 사장님은 잠시 난감한 표정을 짓더니 여기저기 전화를 걸어 매물 하나를 물어왔다. 중개소 문을 걸어 잠그고 우리를 이끌고 시장 골목 끝까지 걸어가서는 잠시 기다리라고 했다. 영문도 모른 채 서 있자 곧 낡은 소형차 한 대가 우리 앞에 섰다. 사장님의 차였다.

얼떨떨한 심정으로 차에 올랐다. 한참을 달렸다. 경복궁역이 등 뒤로 멀어질수록 남편의 얼굴이 점점 굳어갔다. 나 또한 이토록 깊은 곳에 숨은 집을 소개받을 줄 몰랐다. 서촌이 이토록 큰 줄도 몰랐다. 특히 끝날 듯 끝나지 않는 굽이길을 오를 때 남편을 여기까지 끌고 온 내 자신이 원망스러웠다. 회한과 긴장감이 뒤엉켜 머릿속은 짙은 안개가 낀 듯 탁한데, 갑자기 시야가 탁 트이며 늠름한 바위산의 거대한 얼굴이 드러났다. 생애 처음 보는 인왕산의 이마였다. 그 위용에, 기대하지 못한 구경거리에 남편도 놀란 눈치였다. 물론 긍정적인 의미에서. 전혀 고려할 만한 위치가 아니더라도 뜻밖의 산 놀이를 했으니 그렇게까지 절망적인 선택은 아니었다고, 헝클어진 마음이 얌전해질 때까지 연신 위안의 빗질을 해댔다. 우리를 실은 차는 더 이상 앞으로 나아갈 길 없을 때까지 인왕산을 향해 내달린 후에야 비로소 멈췄다. 인왕산 산머리에서 직선으로 떨어진 '수성동 계곡' 바로 아래 골목에 위치한 빌라였다. 경복궁역도 멀다고 하는 남편이 사장님을 따라 순순히 집을 보러 가는 뒷모습을 보니 잠시나마 한숨이 놓였다.

단점이 확실한 집

집의 첫인상은 꽤 괜찮았다. 단점이 확실한 집이었지만, 여태껏 약수·금호·옥수 일대에서 같은 값에 본 집들보다 훨씬 더 집 같았다. 무엇보다 같은 건물의 다른 집과 같은 너비인데도 방을 하나만 남기고, 나머지 공간을 일자로 터놓은 구조가 마음에 들었다. 흔히 '스튜디오'라고 부르는 구조였다. 문은 없었으나 문틀로 주방을 구분 지어 놓은 점도 좋아 보였다. 하지만 남편이 경복궁역에서도 한참 떨어진, 그것도 오르막길 끄트머리에 있는 집을 받아들일 리 없었다. 나였어도 출퇴근이 막막했을 거다. 어서 사장님 차를 타고 경복궁역에 가서는 지하철로 갈아타고 금호동 일대로 돌아가야겠다는 생각뿐이었다. 그런데 집을 빠져나온 남편은 역까지 태워주겠다는 사장님의 제안을 정중히 거절하고 뒤돌아 걷기 시작했다. 남편의 의중을 읽을 수 없어 머릿속이 다시 복잡해졌다. 나는 남편을 따라 지금의 옥인길인 옥류동천길을 말없이 걸었다. 그리고 그 골목에서 지금은 다른 동네로 이전한 'YM커피하우스'를 발견했다. 지금처럼 가게가 많지 않을 때였다. 한적한 골목에서 어쩌다 만난 카페에 이끌리듯 들어섰다. "마침내 집다운 집을 봤다." 긴 정적을 깨고 남편이 건넨 첫마디였다. 뜻밖의 반응에 놀랐다. 남편은 회사와 멀지만, 마을버스 종점에 인접해 있으며 마을버스만 타면 경복궁역·광화문역·시청역까지 닿을 수 있다는 점에 만족했다. 내 경우 마음만 먹으면 회사까지 걸어갈 수 있을 만큼 가까운 거리였다. 남편만 좋다면 나도 좋았다. 우리는 주문한 음료가 채 나오기 전에 중개소 사장님에게 전화를 걸어 계약하겠다는 뜻을 전했다.

앞서 밝혔듯 단점이 확실한 집이었다. 1층에는 주차장이 있고, 2층부터 골목을 향한 집과 인왕산을 향한 집이 마주 보는 구조의 빌라였다. 그중 우리 집은 2층, 인왕산 쪽을 보는 집이었다. 인왕산을 향했다고 하면, 정상은 아니더라도 능선 끄트머리 정도는 보일 것 같지만 실상은 인왕산자락에서 이어진 비탈이 채 끝나지 않은 산기슭 깊숙한 곳에 세워진 빌라였다. 손을 뻗으면 닿을 듯 가까운 화강암 무더기에 듬성듬성 자란 나무와 풀이 창밖을 가득 메우고 있었다. 햇빛 들어올 틈이 좁으니 어두우며, 바위에서 뿜어내는 습한 기운이 마를 새 없이 집안 가득 고여 있었다. 누군가는 결코 수용할 수 없을 법한 조건이었다. 하지만 우리 눈에는 거친 암벽과 녹음으로 꽉 찬 창문이 한 폭의 그림처럼 멋져 보였다. 무엇보다 그때만 해도 둘 다 회사를 다녀 평일에는 일찍 나가 늦게 들어오고, 주말이면 늦잠 잘 게 분명했기에 조금 어두워도 크게 문제 될 게 없어 보였다. 그리하여 덜컥, 그 집을 계약했다.

집의 단점을 가려준 서촌

집은 역시나 어둡고 습했지만, 우리는 그럭저럭 잘 지냈다. 계약을 연장해 4년 동안 그 집에 머물렀다. 돌이켜보면 당시 우리는 집에 크게 의미를 부여하지 않은 듯싶다. 어쩌면 집의 의미나 가치 운운하면서도 그게 정확히 무엇을 의미하는지 몰랐을지도 모르겠다. 오히려 집보다 동네에 더 많은 가치를 부여하며 살았다. 집이 다소 불만족스러워도 그것을 품고 있는 서촌이라는 동네가 흠뻑 마음에 들어 집을 사유할 새가 없었다고나 할까. 서촌에 산다는 이유로 재미있는 사람들을 만나고, 그들과 어울리느라 바빴다. 특별한 약속을 잡지 않고 나가도 길에서, 혹은 가게에서 누군가와 마주쳐 즉흥적으로 그들의 계획에 흡수되어 휩쓸려 다니곤 했다. 모르던 사람을 만나고 모르던 공간을 관찰하고 탐닉하느라 매일이 즐거운 마실이었다. '옷깃만 스쳐도 인연'이라는 관용구가 통하는 시절이었고, 그런 동네였다. 서촌에서 만난 새로운 사람들과 서로를 향한 호기심으로 불꽃 튀는 관계를 맺으며 나는 늘 미열 같은 흥분에 취해 있었다. 마침 서촌이 여러 매체에 소개되며 다른 지역에 사는 지인들이 서촌을 궁금해했고, 약속을 잡을 때면 다들 서촌에서 만나고 싶어 했다. 나로서는 그 또한 자긍심을 가질 만한 일이었다.

2016년, 남편과 네덜란드 암스테르담에 놀러 갔다가 '시티즌엠CitizenM'이라는 호텔에 머문 적이 있다. 그 호텔은 침대와 샤워부스 빼면 발 디딜 틈 없을 정도로 방이 작기로 악명 높다. 그렇다고 가격이 아주 저렴하지도 않았다. 그 사실을 충분히 인지하면서도 첫 숙소로 그 호텔을 선택한 이유는 공용 공간이 넓고 멋져서다. 한 층 전체가 투숙객이면 누구나 이용할 수 있는 공용 공간이었으며, 구역마다 다른 취향으로 꾸며져 있었다. 이곳저곳 옮겨 다니며 기웃기웃하면 유럽의 다양한 집 거실을 유랑하는 듯했다. 모든 가구가 비트라Vitra 제품인 점도 마음에 들었다. 하나의 거대한 비트라 전시장 같았다. 왜 그런 상상하지 않나, 좋아하는 가구 브랜드 전시장에서 하룻밤 머무는 상상. 딱 그런 특별한 느낌이 들었다. 우리는 방에서 씻고 잠만 자고, 나머지 시간은 공용 공간에서 이 의자에도 앉아보고, 저 취향의 거실에도 속해보며 보냈다. 다양한 취향으로 멋들어지게 꾸민 리빙룸을 경험할 수 있다는 점에 매료돼 방이 작다고 언짢거나 초라한 기분이 들지도 않았다. 당시 서촌은 내게 시티즌엠 같은 공간이었던 것 같다. 씻고 자는 건 집에서 해결하고, 나머지 삶의 이유와 여유는 집 밖에서 찾고 누렸으니.

언젠가 승효상 건축가를 인터뷰했을 때, 그가 '터무니없다'는 형용사의 어원을 들려준 적이 있다. "허황하여 전혀 근거가 없다"는 뜻의 이 형용사 속 '터무니'는 '터의 무늬'에서 유래했다고 한다. 사람한테 지문指紋이 있듯 땅에도 고유한 지문地文이 있다며, 땅에 깃들어 있는 이야기를 듣고 맥락에 맞는 건물을 짓는 것이야말로 참된 건축이라고 거듭 강조했다. 그가 말하는 터의 무늬, 즉 지문이란 그곳에 살아온 사람들이 남긴 흔적과 기억이 중첩되며 형성된 일종의 땅의 의미 혹은 땅의 존재 이유를 가리킨다. 앞선

세대가 땅에 중첩하여 새긴 무늬에 우리만의 무늬를 덧대 훗날 이 땅의 새 주인에게 새로운 무늬, 즉 이야기를 물려줄 필요가 있다고 했다. 건축은 내게 너무 요원한 개념이었으므로 나는 가끔 그의 말을 곱씹으며 터무니 있는 삶을 상상했다. 누상동 전셋집에서 4년간 머물자 내가 어디에 무늬를 새겨야 할지 비로소 확신이 들었다. 서촌에 뿌리를 내리겠다 결심한 이후, 그제야 집을 사유하기 시작했다.

특히 2016년 말, 프리랜서를 선언하고 집에 혼자 있는 시간이 늘며 집을 향한 생각이 깊어졌다. 나를 둘러싼 동굴처럼 컴컴한 공간은 과거의 나처럼 동서남북 여러 장소를 점프하며 바삐 사는 사람들에게는 아지트로 삼기 괜찮을지라도, 아침부터 밤까지 한자리에 고여 있다시피 하며 먹고 놀고 일하는 사람에게는 분명한 한계가 있었다. 때마침 연장한 전세 계약이 이듬해 봄 끝날 예정이었다. 나는 서촌에 터를 잡기로 뜻을 모았으니 이젠 동네 규격에 맞는 집을 찾을 때라고 남편을 설득했다. 그 결과 쓰러져 가는 헌 집을 샀다. 묵은 것들을 탈탈 털어내고 우리가 좋아하는 것으로 그득그득 채웠다. 그 이야기는 차차 하겠지만, 집을 새로 짓다시피 고쳐 들어간 후부터 나는 새로운 사람이 되었다. 불꽃 튀는 새로운 관계보다 시나브로 변하는 창밖 풍경에 마음이 동하는 '집순이'로 변했다. 이젠 서촌보다 집이 더 좋다. 물론 집이 서촌에 속해 있어 좋은 게 크지만. 집은 든든한 조력자가 되어 은하수처럼 아득히 흐르는 시간을 잠시 붙들어 '지금'이라는 순간에 함께 마침표 찍기를 반복하며 오늘을 완결한다. 그 무수한 마침표가 모여 내가 되니 집은 나를 이루는 하나의 기틀이자 조각이나 마찬가지다.

가져본 적 없는 고향을
그리워할 때

　나는 부산 출신이다. 해운대가 개발되며 지난 20년간 부산의 입지가 천지개벽할 만큼 드높아졌지만, 내가 대학에 들어간 2000년만 하더라도 부산에서 왔다고 하면, 다들 온통 바닷가만 상상했다. 바다를 보려면 집에서 차로 30분 넘게 이동해야 한다고 하면 아무도 믿지 않는 눈치였다. 기차역이나 공항에 내리는 순간 새하얀 모래사장과 강렬한 대비를 이루는 새파란 바다가 펼쳐질 거라고들 여겼다. 이렇듯 서울 사람들 입장에선 부산이 덜 도회적이라 느껴지겠지만, 애석하게도 나는 날 때부터 결혼할 때까지 33년간 잠시도 아파트를 벗어나지 못한 전형적인 '아파트 키즈'였다.

여담이지만 부산은 바다가 아닌 산의 고장이다. 부산이란 지명도 "가마솥처럼 크고 우묵한 산"이란 뜻을 품고 있다. 상상만 해도 푸근하지 않은가. 도톰한 산에 둘러싸인 도시라니. 내가 세 살 때 입주해 대학에 입학하고 상경할 때까지 지낸 아파트는 그나마 단지가 크고 녹지가 잘 조성돼 덜 삭막했으나, 그렇다고 고향이라 부르기엔 영 어색한 면이 있었다. 이 또한 편견일 수 있으나, 고향이라 하면 자고로 목가적이고 복고적인 분위기를 풍겨야 할 것 같았다.

어쩌면 대중매체가 그리는 고향 모습에 세뇌당한 탓일지 모른다. 어릴 적 스치듯 봤던 드라마 〈전원일기〉, 〈대추나무 사랑걸렸네〉 속 장면처럼 아궁이에 불 때 밥 짓고, 아궁이에서 구들바닥을 통과한 연기가 굴뚝을 거쳐 아스라하게 흩어지는 풍경쯤은 펼쳐져야 고향이라 부를 수 있을 것 같았다. 하지만 애석하게도 그런 고향을 가지지 못한 정도가 아니라 서른이 되도록 그런 풍경을 실제로 본 적도 없는 나로서는 마음 한구석이 어쩐지 허전했다. 그 구석을 밝게 채우려 하다 보면, 서글픈 심정이 기름때처럼 진득하게 묻어나는 기분이 들었다. 아마 나와 같은 처지의 아파트 키즈 중 비슷한 결핍을 느껴본 사람이 꽤 있으리라. 서른이 넘어 마주한 서촌의 첫인상은 낯익고 정겨워 오랫동안 그리워하던 이상 속 고향을 찾은 듯 마음이 푸근했다. 한 번도 가져본 적 없는 고향을 비로소 손에 넣은 기분이 들었다.

서촌을 처음 찾은 건 2012년 《KTX 매거진》 편집부에서 일할 때였다. 기획 회의를 앞두고 새로운 아이템을 찾느라 급급히 웹 서핑을 하던 중 한 미국인 교수가 서울대 국어교육과에서 한글을 가르친다는 기사를 접했다. 벽안의 외국인이 우리나라 최고의 교육기관이라 일컫는 서울대에서 한국 학생을 대상으로 국어를 가르친다는 사실이 참신해 호기심이 당겼다. 로버트 파우저Robert Fouser라는 이름의 미국인 교수가 어떤 인물인지 궁금해 거듭 찾아보니 그에게는 '외국인 최초의 한국어 교수'라는 수식어와 함께 '서촌 지킴이'라는 이색적인 수식어가 따랐다. 서촌. 언젠가 동료에게서 들어본 동네 이름이었다. 찾아보니 경복궁역 근방이었다. 평창동에 사옥을 둔 잡지사에 다닐 때 퇴근하고 경복궁역 인근에서 동료들과 곧잘 어울리곤 했어도 그 일대가 하나의 통일된 이름으로 불릴 만큼 상징성을 띤 동네인 줄은 미처 몰랐다.

경복궁 서측에 위치하며, 영추문迎秋門이 바라보는 이 동네는 조선시대부터 놀기 좋아하는 왕족과 양반, 중인들이 모여 사는 걸로 유명했다. 하지만 그때만 하더라도 이 일대를 아우르는 이름은 없었던 듯싶다. 조선시대에 서촌이라는 지명이 기록에 왕왕 등장하긴 하나, 전혀 다른 지역을 지칭했다. 이 일대에 서촌이라는 이름이 붙기 시작한 건 2008년 말, 서울시가 '경복궁 서측 지구단위계획 수립 용역'이라는 거창한 개발 계획을 발표한 이후라고 추정한다. 삼청동을 포함한 북촌이 한창 잘나갈 때였으므로 서울시의 발표에 따라 제2의 북촌이 탄생하리라는 기대감이 잔뜩 모였을 테다. 이때 '경복궁 서측'이란 단어는 길고 모호해 기대감을 부추기는 데 걸림돌이 됐으리라. 언론이 헤드라인에 '제2 북촌 조성' 등으로 줄여 쓰면서 그때부터 일대를 뭉뚱그려 서촌이라 부르기 시작했을 거라 짐작한다.

벽안의 서촌 길잡이

로버트 파우저 교수님을 향한 호기심에, 서촌을 향한 흥미가 더해져 인터뷰를 제안했다. 당시 주고받은 이메일을 열어 보니 역시나 교수님은 "경복궁 서측에 있는 서촌이면 인터뷰 가능할 것 같다"고 회신했다. 여전히 추위가 녹지 않은 2월 초였다. 사진가와 함께 경복궁역에서 교수님을 만났다. 오후 2시경이었고, 인터뷰가 얼마나 길어질지 몰라 해 떨어지기 전에 사진부터 찍기로 했다. 길에서 간단히 통성명하고 함께 사진 촬영할 곳을 찾아 서촌을 둘러봤다. 반 발짝 앞장서 손으로 연신 좌우를 가리키며 구석구석 설명하는 교수님을 보며, 흡사 부동산 중개업자 혹은 투어 가이드 같다는 생각을 잠시 했다. 경복궁역사거리에서 이어지는 왕복 6차선 대로를 걷다가 비교적 좁은 골목으로 들어섰을 뿐인데 분위기가 확 달라졌다. 어느 소도시의 구도심 골목 같았다. 그러다가 더 좁은 골목으로 들어서자 영락없는 시골 풍경이 펼쳐졌다. 시간의 통로를 역행하여 점점 더 좁고 구석진 과거로 향하는 듯한 묘한 기분이 들었다.

개량 한옥들 사이로 좁고 못생긴, 그래서 더 정감 가는 실골목들이 등장했다. 조금 전까지 물이 맹렬히 쏟아지던 계곡을 그대로 복개한 듯 길이 울퉁불퉁한 데다 흙길에 깔아둔 낡은 보도블록이 여기저기 어그러져 발 디딜 때마다 들썩들썩했다. 설상가상 며칠 전 내린 눈까지 얼어붙어 있었다. 한눈팔았다간 사나운 꼴 보여주기 딱 좋은 형국이었다. 그때만 해도 한껏 멋 부릴 때여서 가벼운 캐시미어 코트에 굽이 높고 좁은 구두를 신고 작은 토트백을 들고 있었다. 걷는 꼬락서니가 영 위태로워 보였는지 내가 발을 디딜 때마다 사진가와 교수님이 더 불안해했다. 나는 흐르는 콧물을 연신 닦으며 괜찮다고 그들을 안심시켰다. 하지만 전혀 괜찮지 않았다.

콧물 훔쳐라, 넘어지지 않으려 한발 한발 조심히 내디디

랴, 혼이 빠질 지경에도 그날 골목에서 본 풍경은 머릿속에 또렷또렷이 새겨졌다. 특히 생전 처음 보는 콘크리트로 만든 쓰레기통은 충격 그 자체였다. 차는커녕 자전거 한 대 겨우 들어갈 좁은 골목을 따라 촘촘히 들어선 집들은 서로 절묘하게 대문이 마주 보는 것을 피한 채 자리하고 있었다. 정말이지 가까스로 피한 지경이었다. 그리고 위치가 조금씩 어긋난 대문 옆으로 똑같이 생긴 콘크리트 덩어리가 하나씩 놓여 있었다. 내가 그것에 관심을 보이자 교수님은 '쓰레기통'이라 귀띔했다. 교수님의 설명에 따르면 1970년대만 해도 가가호호 콘크리트로 만든 쓰레기통이 대문 옆에 있었다고 한다. 그 속에 쓰레기를 모아놓으면 환경미화원들이 정해진 요일마다 깨끗하게 청소해줬다고. 너무나 생경한 이야기에 머릿속이 아득해졌다. 어깨너비의 공간도 아쉬운 좁은 골목에 더 이상 기능하지 않는 콘크리트 구조물이 여전히 집집이 자리를 차지한 광경을 보며 내가 실재하기 이전의 시대로 빨려 들어간 듯한 착각에 사로잡혔다.

서촌을 향한
보편타당한 마음

　교수님을 인터뷰하고 쓴 기사를 오랜만에 꺼내 읽으며
내가 지금 서촌을 생각하는 마음이 미국인과 통할 만큼 보
편타당하다는 사실에 살짝 소름이 돋았다. 미국 미시간주
에서 나고 자란 교수님이 2008년 우연히 서촌을 들렀다가
고향에 온 것 같은 푸근함을 느끼고 이곳에 정착할 것을 결
심한 사연을 보면 말이다. 사실 미국인인 그가 고향으로부
터 1만 킬로미터 떨어진 낯선 동네에서 안락함을 느낀 데는
나름의 흥미로운 사연이 깃들어 있다. 파우저 교수님과 서
울의 인연은 1983년으로 거슬러 올라간다. 내가 세 살 되던
해이며, 지금 이 글을 읽는 사람 중에는 그때 태어나지 않은

독자도 많을 듯하다. 88서울올림픽이 열리기 5년 전이었으
니 해외여행이 자유화되지 않은 시절이었다. 출장이나 파
견, 유학이 아닌 순수한 관광 목적으로는 해외에 나갈 수 없
었으며, 어떤 목적으로 해외에 나가든 반공 교육을 무조건
받아야 했다. 그야말로 암흑의 시대였다.

　미시간대에서 일어일문학을 전공한 교수님은 다른 아시
아권 언어를 하나 더 배우기를 희망했다. 처음에는 중국어
를 고려했으나, 중국이 미국과 수교를 맺은 지 얼마 되지 않
아 미국인은 감시 대상이 되곤 했다. 왕성한 소통 없이는 언
어를 습득하기 어렵다고 본 교수님은 중국 대신 한국을 택
했다. 1983년, 교수님은 대학을 졸업하자마자 서울로 향해
1년간 한국어를 익혔다. 그로부터 4년 후인 1987년, 학생이
아닌 선생의 신분으로 한국을 다시 찾았다. 그리고 이듬해
고려대에서 영어를 가르치며 염원하던 한옥살이의 꿈을 이
뤘다. 혜화동에 있는 낡은 한옥이었다. 인터뷰 당시 교수님
이 들려준 한옥살이에 얽힌 추억은 하나하나 면면이 놀라
워 나는 아직도 그때 이야기를 육성 그대로 기억한다. 말맛
이 잘 살지 모르겠지만, 옮기면 이러하다.

　"혜화동에 있는 한 오래된 한옥 사랑방에서 하숙했어요.

여전히 연탄을 때고 화장실도 재래식인 데다 외떨어져 있어 마당을 가로질러야 했어요. 겨울이면 눈을 밟고, 비 오는 날엔 비를 뚫고 화장실에 갔어요. 욕실이 어딨어요. 샤워를 하려면 아궁이에 얹은 가마솥으로 물을 끓여 부엌 바닥에 쪼그려 앉아 씻어야 했어요. 누가 자기 집 부엌에 자물쇠를 달아요. 문을 잠글 장치가 없으니 누군가 언제든지 문을 벌컥 열고 들어올 수 있다는 상상에 초조했어요. 또 나무문이니 그 틈이 오죽 넓었겠어요. 작정하면 얼마든지 속을 훤히 들여다볼 수 있었죠. 처음에는 불안한 마음에 잘 씻지도 못했어요. 젊었으니 그것도 금방 적응했지만요." 이와 같은 이야기를 벽안의 외국인으로부터 한국어로 또박또박 들을 거라 상상하지 못했다. 그래서 더 놀랐다. 거의 마시던 커피를 주르륵 흘릴 정도의 경이로움이었다. 그때 교수님이 내 반응을 보고도 덤덤해하던 모습이 내내 의아했는데, 돌이켜보니 나와 같은 반응을 그간 얼마나 많이 접했을까 싶다.

근대 서울을 기억하는 동네

　"88올림픽 때 TV를 마당에 꺼내놓고 주인 부부와 함께 마음 졸이며 경기를 봤던 기억이 생생하네요." 그가 입을 열 때마다 나는 내가 모르는 서울의 추억에 놀라면서도 은근히 부러워 질투가 났다. 이렇듯 서울과 인연이 깊은 교수님은 2008년, 서울대 국어교육과 부교수로 초빙되어 서울을 다시 찾았다. 당시 그는 그야말로 천지개벽한 서울의 모습에 크게 놀랐다. 80년대 서울을 기억하고 내내 그것을 그리워하던 그에게 2000년대 서울은 너무 낯선 별세계였다. 완전히 다른 도시에 불시착한 것 같았다. 영 적응이 되지 않고 한순간도 마음이 붙지 않아 초조해하던 그는 기억 속 한

옥이 많던 동네, 북촌을 찾았다가 높은 시세에 또 한 번 놀랐다. 상심한 와중에 경복궁 건너편에도 한옥이 있을지 모른다는 막연한 희망을 안고 지금의 서촌을 찾았고, 그곳에서 비로소 기억 속 서울을 조우했다. 금천교시장과 근방의 이름 없는 골목길을 걷는 것이 행복한 발견의 연속이었다는 그는 그대로 서촌에 정착할 것을 결심했다.

그런데 아이러니하게도 2012년 내가 교수님을 만났을 때, 그는 서촌 지킴이로 서촌주거공간연구회를 이끌면서도 더 이상 서촌에 살지 않았다. 겨우 정착한 서촌이 무분별하게 개발되기 시작하자 두려움이 엄습해 급히 북촌으로 거처를 옮긴 후였다. 그러고 보니 공교롭게도 그가 서촌을 발견한 해 연말에 서울시가 경복궁 서측 지구단위계획을 발표했다. 교수님은 서촌을 떠났지만, 근대 서울의 추억을 기억하는 서촌을 지키고 싶어 트위터에 서촌의 무분별한 개발을 고발하는 글을 올리고, 서촌주거공간연구회를 발족했더랬다. 내가 인터뷰를 요청했을 때도 자신의 존재를 알리기보단 서촌에 균형 있는 개발이 필요하다는 걸 알릴 목적으로 수락했던 걸로 기억한다.

2013년 결혼하여 서촌에 정착한 이후, 거짓말처럼 동네 식당 혹은 카페에서 이따금 교수님과 마주쳤다. 심지어 연말에 특별히 예약하고 찾은 레스토랑에서는 교수님 바로 옆자리로 안내받기도 했다. 그때마다 우린 크게 놀랐지만, 돌이켜보면 당시 서촌에는 그만큼 갈 만한 곳이 많지 않았다. 서촌에 정착하며 나는 언젠가 교수님과 마주치리라 어렴풋이 예감했다. 하지만 교수님은 불과 1년 전만 해도 서촌의 모든 풍경을 놀란 토끼 눈을 하고 보던 내가 이곳에 삶의 여장을 풀 거라곤 예상하지 못했기에 놀랄 수밖에. 교수님에게 영향을 받아 서촌에 뿌리내리기로 결심했다고 하자, 교수님은 놀라는 동시에 내심 좋아했다. 2014년, 교수님이 미국으로 돌아간 후에도 우리는 거짓말처럼 서촌에서 마주쳤다. 내게 자신이 아끼는 것을 아낌없이 공유해준 교수님에게 늘 고마운 마음이 앞선다. 언젠가 교수님이 기억하는 서촌과 내가 실시간으로 느끼고 경험하고 있는 서촌을 연결해봐도 재미있을 것 같다.

알고 보니 벚꽃 맛집

　서촌은 '벚꽃 맛집'이다. 이 또한 이사 올 때까지 미처 모르던 사실이다. 결혼식을 생략한 우리는 4월 중순에 신혼여행을 다녀온 후, 5월 말에 미리 계약한 신혼집으로 이사했다. 그해 벚꽃이 4월 중순 개화했다니 이사한 해에는 벚꽃을 놓친 셈이다. 이듬해 봄, 그때만 해도 회사에 다닐 때라 이른 아침 무거운 몸을 억지로 일으켜 마을버스에 올랐다. 마을버스가 좁고 긴 옥인길을 따라 덜커덕대며 내리달리다가 골목 끝에서 우회전하여 필운대로에 오른 순간, 비몽사몽간에 흠칫 놀란 기억이 난다. 전날까지 전혀 눈에 띄지 않던 벚꽃이 찬란하고 뽀얀 얼굴을 드러냈기 때문이다.

1킬로미터 남짓한 필운대로 좌우로 빼곡히 심어진 가로수가 벚나무란 사실을 그제야 눈치챘다. 달리는 버스에서 급하게 사진을 찍어 남편에게 보냈다. 이따 출근하며 눈여겨보라고. 물론 내가 일러주지 않아도 마을버스에 탄 승객들이 내지르는 함성 덕에 놓칠 리는 없을 테지만. 생각해 보면 마을버스에 탄 승객 10여 명 중 대다수가 필운대로를 따라 나란한 나무들이 벚나무임을 이미 알고 있었을 텐데, 그럼에도 놀란 걸 보면 벚꽃은 예고 없이 찾아오는 손님이 분명한 것 같다. 우리는 그날부터 저녁마다 필운대로를 걸으며 도열한 벚나무가 서서히 꽃을 틔우는 장면을 실시간으로 관찰했다. 마치 잉크 한 방울을 수조에 떨어뜨린 것처럼 개화의 기운이 이쪽에서 저쪽으로 서서히 번져나갔다. 어느 날, 길 위에 선 거의 모든 나무가 꽃을 틔운 광경을 마주했을 때 나는 벅찬 감동에 마음이 일렁이는 걸 느꼈다.

벚꽃의 청초한 아름다움을 감히 부정하는 이는 없을 테다. 벚꽃은 옥수수 낱알에 열을 가하면 그 속의 수분이 기화하며 겉껍질이 압력을 이기지 못해 폭발하듯 튀겨지는 팝콘처럼 한순간 꽃을 틔운다. 이때 우리는 가스불에 프라이팬을 올리는 듯, 자연이 벚꽃 망울을 터뜨리게끔 부추기는 물리적 행위를 알아채지 못하기 때문에 벚꽃의 개화를 더 갑작스럽게 여긴다. 예기치 않게 찾아와 더 반가운 손님은 떠나간 자리마저 아름다워 남겨진 우리에게 아련한 그리움을 일으킨다. 한지처럼 잎이 엷은 벚꽃은 미풍에 사선을 그리며 나풀나풀 떨어지다가 돌연 거세진 바람에 꽃눈깨비 혹은 꽃보라로 변해 우수수 낙화한다. 그것을 바라보는 인간은 눈앞의 아름다움에 감복하면서도 그 기세를 멈출 수 없어 곧잘 비애에 잠긴다. 벚꽃은 바닥에 내려앉은 후에도 이리저리 훌훌 날리다가 결국 보도블록 아랫단처럼 막다른 곳에 더께더께 쌓인다. 그 해끗한 광경이 가히 아무도 밟지 않은 순백의 깨끗한 눈밭 같다. 그렇게 벚꽃은 다음 날 새벽 누군가의 빗질에 쓸릴 때까지 홀로 청초함을 간직하며 사람들의 마음에 환상을 심어준다.

벚꽃은 피는 순간부터 떠나는 순간까지 아름다움을 잃지 않기에 많은 사람으로부터 사랑받으며 전국 여기저기에 자신의 이름을 내건 길을 낳았다. 바람을 거스르며 걸으면 손바닥에, 뺨에 살포시 내려앉는 꽃잎이 순간의 감격을 안기는 전국의 숱한 벚꽃 길 중에서도 서촌의 길에는 특별함이 있다. 서촌의 벚꽃 길인 필운대로에는 우리가 일반적으로 아는 벚나무 사이로 꽃이 다닥다닥 붙은 가지가 휘늘어진 채 낭창거리는 특이한 모습의 벚나무가 섞여 있다. 꼭 수양버들 혹은 능수버들을 닮았다 했더니 실제로 그 이름이 '능수벚나무'라 한다. 분홍색의 꽃잎이 켜켜이 피는 겹벚꽃만큼 흔치 않은 수종으로, 겹벚꽃이 화려하고 탐스러운 멋이 있다면 능수벚꽃은 시대를 가늠할 수 없는 아취와 운치를 지닌다.

육안으로 구분하기 어려운 능수버들과 수양버들 모두 주로 물가에 자라며, 머리를 풀어헤친 채 고개를 떨군 여인의 모습을 닮았다 하여 동서양을 막론하고 비애와 추모를 상징한다. 하지만 봄을 맞아 꽃이 주렁주렁 달린 가지를 천실만실 늘어뜨린 능수벚나무는 전혀 구슬프거나 처량해 보이지 않는다. 오히려 한껏 멋을 부리느라 치렁치렁 매단 장신구의 거북하고 주체스러운 부피와 무게를 견디기 위해 애쓰는 청춘 같다. 그 아래 서면 더 이상 요란한 치장을 주체하지 못하겠다는 듯 온몸을 떨며 어깨며 팔이며 손등에 붙은 꽃잎을 일제히 떨구어 내 얼굴에 와락 쏟을 것 같은 짜릿한 기분마저 든다. 또, 어떤 날은 어깻죽지부터 손등까지 무수히 많은 꽃을 단 가지가 넘늘넘늘한 것이 꼭 놀기 좋아하

는 신이 틀어놓고 깜빡한 벚꽃 샤워기 같아 그 아래 잠시 서
서 눈을 감고 샤워하는 상상을 해본다. 그 오묘한 아름다움
에, 그 옆 벚나무는 시시해 보일 정도.

조선시대에 이미 맛집

봄이면 능수벚나무의 색다른 매력에 이끌려 사람들은 제 동네에 있는 벚꽃 길을 지나쳐 서촌으로 향한다. 우리 동네를 더 특별하게 빛내는 이 신비로운 나무가 궁금해 검색해보니 조선왕조에 얽힌 슬픈 역사가 등장한다. 병자호란에서 패한 후 인조의 두 아들, 소현세자와 봉림대군이 볼모로 청나라로 잡혀간다. 조선의 왕자로서는 치욕스러운 일이었으나, 소현세자는 청나라에서 뛰어난 발전상을 보고 감복하여 우호적 관계를 맺어야 한다고 생각을 고쳐먹는다. 하지만 남한산성에서 치욕을 당하고 평생 트라우마에 시달린 인조는 아들의 생각에 동조하지 않았고, 부자의 갈등은 곧

소현세자의 죽음으로 이어졌다. 인조에 이어 왕위에 오른 봉림대군, 즉 효종은 형이 청나라를 두둔하다 죽음을 맞이한 걸 지켜보며 큰 충격을 받았다. 아버지를 향한 두려움에 청나라를 향한 분노가 뒤엉킨 까닭일까. 그는 재위하며 자신을 밀어준 아버지 인조의 뜻을 따라 북벌 정책을 펼친다. 청나라 몰래 군사를 양성하고 군비를 확충하는 한편, 능수벚나무를 심도록 장려한다. 유연하고 탄력성 높은 능수벚나무의 가지로 활을 만들고, 맨들맨들한 껍질로는 활 쏠 때 손을 보호할 외피를 만들 생각이었다. 능수벚나무가 경복궁·덕수궁·창덕궁 등의 궁궐과 그 일대에서 많이 목격되는 이유가 따로 있던 것. 애초의 실용적 목적이나 불타는 복수심과 달리 지금은 경복궁 인근에 살아서 누리는 상춘의 특별한 즐거움이라 하겠다.

그런데 '필운대로'라는 멋없는 이름은 누가 지었나 모르겠다. 무엇보다 '대로'라고 부르기엔 영 좁은 2차선 도로이며, 마을의 한 갈래에 해당하는 길에 대로라는 이름을 붙이는 게 영 거북스럽게 느껴진다. 지금의 도로명을 얻기 전에 이 길을 뭐라 불렀는지 가만히 떠올려본다. 딱히 떠오르는 말이 없다. 벚꽃이 필 무렵이면, 벚꽃 길이라 부르다가 다른 계절에는 그냥 '통인시장 정자 있는 길' '무목적 빌딩 있는 길' '생협 있는 길' '사직파출소 있는 길' 이런 식으로 상황에 맞게 두루뭉술하게 불렀던 듯싶다. 도로명의 유래가 궁금하여 검색하자마자 내가 얼마나 무지했는지 깨닫고 크게 자성했다. 필운대로의 '대'는 '클 대大'가 아니라 '높고 평평한 건축물 대臺'로 '필운대-로'로 읽어야지 '필운-대로'로 읽으면 아니 됐다. 그렇다면 필운대는 어디에 있는 무엇을 가리키는 걸까, 몹시 궁금하다.

유학이 발달한 조선시대에는 꽃이 사람의 마음을 헛되게 어지럽힌다 하여 꽃구경을 금기시했다. 18세기에 이르러서야 이러한 바보 같은 인식에 금이 가며, 꽃구경이 대유행처럼 번졌다. 이때 왕족과 왕족이 아닌 사람들이 꽃구경하는 장소가 엄연히 구별됐는데, 중요한 사실은 둘 다 지금의 서촌 테두리 안에 있다는 점이다. 왕가가 꽃구경한 세심대洗心臺는 대략 신교동의 농학교 안에 있으리라 추정한다. 한편 사대부와 중인, 상인들이 신분을 초월해 함께 어울려 꽃놀이한 곳은 지금의 배화여대 안 필운대弼雲臺였다. 지금도 지대가 높아 오르려면 서서히 숨이 차오르는 배화여대, 그중에서도 가장 높은 지대에 우뚝 솟은 필운대 암벽에 오

57

르면 그 아래 사가私家가 한눈에 내려다보였다고 한다. 지금의 매동초등학교 자리 즈음에 자리한 사가에서는 당시 살구나무나 복숭아나무를 심는 게 유행했나 보다. 봄꽃 필 무렵 필운대에 올라 사가를 내려다보면 살구꽃이며 복사꽃이 다투어 핀 광경이 한눈에 들어왔다는 걸 보니.

지금은 암벽을 이룬 바위가 많이 상해 군데군데 멋없이 콘크리트를 발라뒀으며, 오르지도 못하게 막아놨다. 오른다고 한들 발아래로 건물이 빽빽이 들어서 아마 그때 그 광경을 기대하기 어려울 것이다. 그럼에도 당시의 정취를 상상할 수 있게 하는 그림과 글이 있어 아쉬움이 덜하다. 서촌에서 나고 자랐으며 생애의 많은 순간을 서촌에서 보낸, 서촌이 낳은 슈퍼스타 겸재 정선이 남긴 '필운대상춘弼雲臺賞春'을 보면 양반들이 숨을 헐떡이면서도 이 높은 곳까지 기어이 오른 이유를 짐작할 수 있다. 일제히 검은 갓에 흰 도포를 걸친 양반들이 절벽과 같은 언덕에 앉아 여린 봄꽃이 앞다투어 핀 사가를 내려다본다. 짐짓 점잖은 척하는 양반들도 사사로운 아름다움 앞에 무장 해제됐던 걸 보면 역시나 "귀여움이 세상을 구한다"는 말이 영원불변한 진리임을 깨닫는다. 우리에게 〈감자〉로 유명한 김동인 작가의 장편 소설《운현궁의 봄》에도 필운대에서 상춘을 즐기던 양반들의 모습이 가감없이 드러난다. 한 무리의 양반이 술과 산해진미는 물론, 그것들을 담을 사기 술잔과 그릇까지 챙겨 필운대에 오른다. 상춘 무리에는 기생도 끼어 있다.

필운대를 품은 배화여대로 이어진 좁은 골목이 필운대로에서 갈라져 나가는 첫 번째 길인 필운대로1길이며, 그 길을 따라 쭉 내려가면 횡으로 이어진 필운대로를 만난다. 옛 선조들이 꽃놀이를 즐기던 조선 최고의 명승지 가까이 오늘날의 시민들이 꽃놀이를 즐기는 벚꽃 길이 생겼으니, 그 길을 필운대로라고 이름 지은 사람은 꽤나 센스 있는 자다. 주소를 지번에서 도로명으로 바꾼 것에 불만이 없지 않지만, 필운대로만큼은 아낌없이 불러주고 사람들에게 그 뜻을 널리 알리고 싶다. 나아가 이 길은 1킬로미터를 뻗어 이항복의 직손이자 전 재산과 목숨을 독립운동에 바친 이회영 선생을 기리는 '우당기념관'을 품는다. 많은 사람이 이항복 선생이 필운대 근처에 살았으며, 알려진 호 중 하나가 '필운'이라는 이유로 필운대의 이름을 선생이 지었다고 여긴다. 하지만 필운이란 이름은 선생이 태어나기 전, 명나라 사신이 중종의 부탁에 따라 인왕산에 붙인 이름이다. 즉, 이항복 선생이 필운대의 이름을 빌려 호를 지은 것이다. 필운대의 현재 모습은 옹색하지만, 그럼에도 그 위치를 가늠할 수 있는 이유는 '필운대'라고 한자로 새긴 바위 글씨 덕분이다. 이 또한 많은 사람이 이항복 선생의 글씨라고 여기지만, 그의 9대손인 이유원의 글씨일 가능성이 크다고 한다. 어찌 됐든 이항복 일가 덕에 서촌이 조선시대부터 명실공히 꽃구경 명소였음을 알 수 있다. 더불어 그 흔적이 남은 길에 그 일가가 사랑한 유적의 이름을 붙이고, 그의 자손을 기리는 기념관까지 품었으니 이보다 완벽하고 절묘한 결말은 없을 것이다.

봄에 놀 결심

나는 노는 것만큼 놀 계획 짜는 일을 즐긴다. 엑셀, 파워포인트, 키노트, 프리폼으로 만든 여행 일정 혹은 하루만의 음주 계획을 인스타그램에 공유하면 많은 사람이 내 MBTI를 계획형인 'J'라 오인한다. 나도 내가 J면 좋으련만, 즉흥적인 'P'다. 계획을 다 세워놓고 계획을 실행에 옮길 순간을 맞닥뜨리면 이런저런 변수 앞에서 당황하거나, 다른 쪽에 혹해 전혀 다른 선택을 하곤 한다. 그럼에도 불구하고 계획하는 일 자체를 순수하게 좋아한다. 계획은 체계적으로 사고하는 사람의 영역이라지만, 적어도 놀 계획을 짜는 일은 창의적인 사람의 영역이 아닐까. 즐거울 가까운 미래를 상상하고, 창의력을 총동원해 그 시간을 더 즐겁게 만들 방법을 구상하는 것은 'N'인 내게 꽤 자신 있는 분야다.

집에 내려가지 못한 어느 명절에는 신혼여행을 함께 갔던 평생의 술친구와 남편, 셋이서 노동 없이 자본으로 명절 분위기를 만끽하고자 광장시장 코스를 짰다. 낮부터 밤늦도록 광장시장에서 술 마시고 놀 데를 대여섯 곳 추리고 시간대별로 코스를 촘촘히 나열했다. 당일치기 음주 계획은 주로 낮부터 시작하기에, 술자리의 맥이 끊기지 않도록 브레이크타임을 요리조리 피해 일정을 짜려면 나름의 섬세함이 필요하다. 더욱이 명절 연휴에는 쉬는 가게가 많아 일정을 짜는 데 더 신중을 기해야 한다. 그날은 시장에서 막걸리부터 소주, 맥주, 와인까지 마시고, 명절 당일에 각자 집에서 먹을 전까지 야무지게 사서 헤어졌으니 제법 성공적인 일정이었다고 자평한다. 또, 광장시장을 함께 찾은 술친구가 조기 은퇴한 시각 장애인 안내견을 키우기 시작하면서는 대형견을 데려갈 수 있는 술집과 카페를 수소문해 낮부터 밤까지 개와 개 집사, 고양이 집사 셋이 특별한 하루를 보내곤 한다. 물론 벚꽃이 한창일 때는 서촌 꽃놀이 코스를 짜 친구들과 특별한 상춘의 즐거움을 누렸다.

서촌 꽃놀이 코스의 첫 일정은 일종의 의식에 해당했다. 필운대로 거의 한가운데 위치한 'GS25 종로누하점'에서 만나 숙취해소제부터 챙겨 마시는 것이었다. 허다한 편의점 중에서 그곳을 시작점으로 잡은 이유는 필운대로에서 가장 고아한 능수벚나무가 있는 자리이기 때문이다. 우리는 벚꽃 그늘 아래 서서 숙취해소제 캔을 부딪쳐 건배한 후 고개를 한껏 젖혀 단물을 삼키는 동시에 능수벚나무를 올려다봤다. 능수벚나무는 금방이라도 "옜다" 하며 팔에 매단 꽃 장식을 다른 팔로 훑어 우리 얼굴에 쏟아줄 것 같았다. 짧은 황홀경의 순간을 나누며 오늘 특별히 더 잘 놀겠다는 결의를 다졌다. 벚나무를 올려봤으니 이제 내려다볼 차례. 무료로 개방하는 무목적 빌딩 옥상에 올라 벚꽃이 만개한 필운대로를 굽어봤다. 그곳에 서면 막연하게나마 상춘 명소로서 필운대로의 규모를 가늠할 수 있다. 아, 누하동 56-1번지에 새로 올라온 건물 옥상도 벚꽃 길을 내려다보기 좋다. 옥상을 어떤 목적으로 활용할 계획인지는 모르나, 현재는 야외에 설치된 계단을 통해 자유롭게 오를 수 있다.

사실 필운대로에서 꽃구경을 가장 여유롭고 고상하게 할 수 있는 곳은 필운대로를 내려다보는 건물 2층에 위치한 바 '일일'이었다. 벚꽃 필 무렵, 창가를 따라 낸 바에 앉아 가로등 불빛에 벚꽃이 번쩍번쩍 빛나는 밤 풍경을 보고 있으면 마음이 달뜨다가도 이내 차분해진다. 하지만 안타깝게도 몇 해 전 주인이 바뀌며 지금은 제대로 운영하지 않는 눈치다. 저 수려한 경관을 봄마다 썩히고 있으니 그 가치를 아는 사람으로선 답답할 노릇이다. 부디 벚꽃 필 무렵이라도 문을 열어주면 좋으련만…. 근래에는 필운대로를 따라 새로운 카페들이 들어서며 짧게나마 벚꽃을 감상할 수 있는 곳이 늘었다. 필운대로를 사이로 서로 마주 보는 '퍼멘티드 서촌'과 '아티클 서촌'은 그 앞에 심어진 능수벚나무를 향해 창을 알맞게 내 커피 한잔하며 벚꽃을 구경하는 여유를 만끽하기 좋다.

보다 공감각적으로 벚꽃을 누리고 싶다면 아티클 서촌 옆 건물 4층에 위치한 갤러리 '어피스어피스'가 제격이다. 필운대로에서 벚꽃과 가장 친밀해질 수 있는 공간이다. 건물 앞에 있는 나무는 능수벚나무가 아닌 일반 벚나무지만, 절묘하게도 꽃이 가장 풍성한 나무갓이 4층 바닥에 닿을 둥 말 둥한 높이까지 자라 갤러리에 들어서는 순간 벚나무 위에 선 듯한 착각이 인다. 특히 유난히 볕이 잘 드는 목에 위치하며, 어둑한 계단을 따라 올라가자마자 마주하는 벽이 통창이어서 들어서는 순간 갑자기 밝아진 사위에 적응하느라 눈을 끔뻑끔뻑하게 된다. 시야가 크게 닫혔다 열렸다 하는 사이로 발아래 흩어진 꽃 무더기가 보일락 말락 하니 이보다 더 환상적이고 몽환적일 수 없다. 어떨 때는 1억 5천만 킬로미터를 맹렬히 달려온 햇빛이 벚꽃잎에 부딪혀 부서지며 투명하게 산란하면서 흰 꽃으로 뒤덮인 나무갓이 나직이 뜬 구름처럼 보이기도 한다.

어피스어피스에서 벚꽃을 향한 열망을 충분히 채운 후 친구들을 이끌고 봄에 내가 가장 좋아하는 야외 음주 스폿으로 향했다. 술과 음식은 옥인길에 자리한 '에코레 카페 앤 그로서리'에서 마련했다. 이곳은 통의동에서 10년 넘게 '슬로우레시피'를 운영해온 사장님이 정든 가게를 접고 조용히 새로 낸 가게다. 한눈에 눈길을 사로잡는 화려한 멋은 없지만, 언제 먹어도 마음이 푸근해지고 속이 편해지는 맛이 있다. 우리는 손으로 집어 먹기 편한 파니니 샌드위치 두 종에 와인 한 병을, 맞은편에 새로 문 연 식료품점에서 그래놀라와 페스토를 샀다. 내가 아끼는 야외 음주 포인트는 옥인길 따라 쭉 올라가면 등장하는 수성동 계곡에 위치했다. 수

성동 계곡의 음주 포인트 하면 많은 사람이 정자를 떠올리지만, 아니다. 고래를 닮은 바위 등이다.

장대하고 검은 바위는 어떤 기구한 사연에 의해 바다에서 산으로 숨어든 고래를 닮았다. 특히 비 오는 날 흠뻑 젖은 꼴을 보면 더욱 그렇다. 언제 고래의 등을 타보겠는가. 친구들과 넉넉한 크기의 바위에 피크닉 매트를 깔고 대충 걸터앉았다. 지대가 높아 사방이 트였다. 벚꽃에 열중하느라 좁아졌던 시야도 시원하게 트이는 듯하다. 필운대로에서 멀어졌으므로 벚꽃은 요원해졌지만, 따스한 봄 햇살에 인왕산과 수성동 계곡을 두른 연둣빛 신엽이 봄기운을 누리기에 충분하다. 친밀한 벗이랑 여릿한 흰 꽃 향이 나는 와인을 마시며 도란도란 이야기 나누니 이곳이 세심대고 필운대 같다는 생각이 들었다. 서촌에 누릴 것이 이토록 다채로우니 왕이며 양반이며 중인이며 상민이며 모두 뻔뻔하게 엉덩이부터 들이밀며 함께 살자 떼쓴 게 아닐까. 좋은 환경을 찾는 안목과 그것을 내 것인 양 잠시 빌려와 누리는 상상력이 있다면 사실 봄은 어디나 천국이다.

서촌이 물고 온
박씨 같은 인연들

　서촌에 정착한 이래 정말 많은 사람을 사귀었다. 내가 이렇게 사교성이 뛰어났나 의심스러울 정도였다. 물론 술의 힘이 컸지만. 동네 산책하며 작은 전시에 들렀다가 아는 분을 만나 그분 일행에 끼어 이 집 저 집 드나들며 술을 마셨다. 기본적으로 술을 좋아하거나 술자리에 거부감이 없는 사람들 위주로 교류했기에 특정 부류와만 어울린 게 아니냐는 핀잔을 들을지도 모른다. 하지만 그렇게라도 만나는 사람이 한정되는 게 다행이라 여길 만큼 새로운 사람과의 만남이 잦았다. 그 근간에는 술을 좋아하고 나보다 사람을 좋아하며, 사람 만나는 것에 거리낌 없는 남편이 있었다. 영화 기자인 남편 민용준은 잡지사에서 만났다. 같은 잡지사 옆 부서에서 일했지만, 서로 별 관심이 없었다. 그러다 우연히 술자리에서 마주 앉게 되며 서로에게 최악의 첫인상을 남겼다. 다시는 상종하지 말자는 다짐과 달리 그날 이후 술자리에서 만나는 일이 잦아지면서 서로를 조금씩 이해하게 됐고, 그 과정에서 급속도로 가까워졌다. 드라마에 나오는 '내게 이런 여잔(혹은 남잔) 네가 처음이야' 공식이 먹힌 격. 물론 둘 다 의도한 건 전혀 아니지만. 술 없었으면 영원히 남남이었을 우리는 3년 연애하고 11년 결혼 생활하는 내내 술 마시며 서로에게 최악의 인상과 조금 괜찮은 인상을 번갈아 남기고 있다.

서촌에서 맺은 다양한 인연 중에서도 비슷한 직업과 기호를 바탕으로 느슨하게 유지하는 모임이 있다. '서촌SF모임'이다. 왜 SF모임이라 이름 지었는지 기억이 가물가물하다. '보안여관' 최성우 대표님이 우리 부부를 포함해 서촌에 사는 잡지 기자 대여섯 명을 보안여관 지하 2층으로 불러 모았다. 보안여관은 서촌에 위치한 복합문화예술공간이다. '복합'이라는 단어가 무색하지 않게 1942년 지어진 낡은 여관 건물을 활용한 전시관부터 화이트큐브의 전시관은 물론 책방, 카페, 숙박 시설 등을 두루 갖추고 있다. 동네에서 다채로운 공간을 가지고 여러 재미있는 일을 모색하는 대표님 또한 부산 출신으로 알음알음 인연이 있다. 대표님의 어머님이자 국가무형문화재 궁중채화장인 황수로 선생님이 젊은 날 꽃꽂이를 가르칠 때, 우리 할머니가 한참 배우러 다니기도 했다. 비슷한 인연으로 '장안요'의 신경균, 임계화 선생님이 있다. 가마를 전국에 두고 작업하지만 부산 기장을 거점으로 활동하는 도예가 신경균 선생님은 우리 엄마와 "누나", "동생" 하는 친밀한 사이다. 엄마와의 친분을 앞세워 선생님을 인터뷰해 '조선 막사발'에 관한 흥미로운 기사를 쓰기도 했다. 인터뷰로 만나고 왕래가 끊겼던 신경균, 임계화 선생님이 서울에 집을 하나 얻었는데, 공교롭게도 같은 옥인동이었다. 같은 동네에 산다는 이유로 요리 연구가 임계화 선생님의 제철 음식을 먹으러 남편과 종종 건너간다. 나이 차는 조금 있어도 미식을 즐기고 술을 좋아한다는 이유로 넷이 친구가 될 수 있다는 사실이 늘 신기하고 감격스럽다.

하던 얘기 마저 하자면, 보안여관 지하 2층에서 서촌에 사는 친한 업계 동료들과 모인 날, 최 대표님은 마실 것을,

우리를 포함한 남은 사람들은 먹을 것을 준비했다. 일종의 포틀럭 디너였다. 인심 좋은 최 대표님이 좋은 내추럴 와인과 차를 연신 내줬다. 초봄이었으나, 밤공기가 여전히 쌀쌀한 데다 층고 높고 넓은 지하 공간에 우리만 있으니 술을 마셔도 체온이 쉬이 오르지 않았다. 다들 몸을 데우기 위해 물 대신 차를 홀짝홀짝 마셨다. 평소 술보다 차를 좋아하는 대표님이 그런 우리를 흐뭇하게 바라보며, 차와 술을 번갈아 마시면 덜 취하고 좋은 것 같다고 귀띔했다. 일리가 있는 말 같았다. 됫병에 든 와인을 몇 병 비우고도 술이 오르지 않아 대표님이 어디 지방에서 받아왔다는, 일명 '약수통', '말통'이라 부르는 반투명한 플라스틱 통에 든 50도가 넘는 소주를 "눈이 멀지도 모른다"는 무서운 농담을 주고받으면서도 기어이 마셨으니.

차곡차곡 술 마실 핑계

그때 어쩌다 대화 중에 '차곡차곡'이란 단어가 등장했는지 모르겠지만, 누군가 차곡차곡이란 단어를 쓰자 불현듯 우리가 하는 행위가 바로 차곡차곡이라는 생각이 들었다. 차에 관한 기사를 쓴 지 얼마 지나지 않았을 때였다. 정확한 내용은 가물가물하나, 자료를 찾다가 이런 내용에 놀라 기사에도 언급한 기억이 난다. 그 내용인즉, 원래 차례는 차를 올리는 것이 예의였다. 하지만 차나무는 아무 데서나 자라지 않았다. 우리 땅에서는 기온이 따뜻한 남도에서 겨우 자랐다. 귀하고 비쌌다. 그래서 제삿날이나 명절에 차를 구하지 못한 집에서 하는 수 없이 차 대신 청주를 올리며, '곡식으로 만든 차'라고 합리화하며 부덕을 감췄다. 집마다 찻잎은 없어도 쌀은 있었기에 너 나 할 것 없이 차 대신 맑은 술을 올리면서 차례의 공식이 바뀌었다. 술 마시는 일을 떳떳하게 여기지 못한 사람들이 술을 곡차라 둘러대며 마신 기록 등 술을 곡차라 부른 기록은 무수하다. 나는 이런 이야기를 나누며 '차곡차곡'이라는 부사의 어원이 어쩌면 차와 곡차를 순서대로 마시는 행위에 있을지도 모른다고 주장했다. 다들 어느 정도 취기가 오른 상태였으므로 핸드폰을 꺼내 확인할 생각은 하지 않고 내 의견을 무조건 반기며 동조했다. 이후에 찾아보니 차곡차곡은 16세기 '자곡자곡'이던 것이 변한 단어라고 한다. 원형이 차곡차곡이 아니니 허튼소리였다. 하지만 어떤 진리를 깨달은 듯한 짜릿함에 한껏고조된 술자리의 분위기가 더해진 그 순간만큼은 지금까지또렷또렷이 기억난다.

우리는 그때 "차곡차곡!"을 건배사로 외치며 앞으로 '차곡차곡' 모임을 만들기로 뜻을 모았다. 하지만 술자리가 늘그렇듯 그때의 열의는 순간에 지나지 않아 곧 잊었다. 그래서 모임 이름도 전혀 다른 서촌SF가 되지 않았나 싶다. 저마다 바쁘기에 자주 만나지는 못하지만 우리는 여전히 좋은 관계를 이어나가고 있다. 음식이나 식재료가 풍족하게 들어오면 나누거나 시간 맞는 사람끼리 유닛의 개념으로 모여 술을 곁들여 기분 좋게 헛소리를 주고받으면서. 근래는 서촌 토박이인 김태윤 셰프님과 자타공인 '음식 탐험가' 장민영 기획자님이 지척에 지속 가능한 미식 연구소 '아워플래닛'을 열며 밤에는 술을 나누고 낮에는 일을 함께하는 사이로 발전했다. 김태윤 셰프님은 이곳 토박이답게 서촌에서 유러피안 식당 '7PM'과 다국적 요리 주점 '주반'을 운영했으며, 국내 최초로 지속 가능한 미식을 추구하는 파인 다이닝 '이타카'를 열기도 했다. 현재는 KBS〈한국인의 밥상〉작가 출신의 장민영 기획자님과 아워플래닛을 통해 지속 가능한 미식의 가능성을 몸소 선보이고 있다. 아, 생각해 보니 아워플래닛이 터를 잡은 곳은 우리 집 주인이자 애물단지인 반려묘 '구니니'가 과거에 하숙했던 술집이 있던 자리다. 참 묘한 인연이다. 미식 기자로 일하며 태윤 셰프님은 이미 아는 사이였지만, 워낙 진중한 분이라 쉽게 친해지지 못했다. 그러다 이웃이라는 이유 하나로 술잔을 기울이며 불쑥 격의 없이 가까워졌다. 한결 편해진 술자리에서 즉흥적으로 나온 아이디어를 바탕으로 아워플래닛이 기획한 연

례행사 '우리가 사랑한 바다'에 시네밋터블이 참여해 함께 영화 〈아바타〉 프로그램을 진행했다. 그때 합이 좋아 연말에는 굴 행사인 '오마이오이스터'에도 함께했다. 올해는 아워플래닛과 재미있는 일을 더 많이 모색하려 한다. 그것도 물론 술자리에서 다진 약속과 결심이라 흐지부지될 수 있지만, 아무렴 어떤가. 즐거우면 됐지.

생물처럼 변화하는 동네

사실 서촌이 늘 예쁘고 반짝이기만 한 것은 아니다. 흉할 때도 있었다. 2015년 무렵이었을 게다. 서촌이 명성을 얻으며 외부에서 사람들이 봇물 터지듯 유입됐다. 나도 토박이가 아니며, 합류한 지 3년밖에 되지 않았을 때였기에 오래된 이발소나 미용실, 세탁소 등이 사라지고 카페나 식당이 들어서는 것에 별 거부감이 없었다. 사실 갈 만한 카페나 식당, 술집이 생기는 것은 내 입장에선 환영할 만한 일이었다. 하지만 문제는 그 형태나 본질이 서촌에 어울리지 않는다는 점이었다. 홍대에서 봄직한 가게 옆에 가로수길에서 봄직한 가게, 그 옆에 명동에서 봄직한 가게, 그 옆에 청담동

에서 봄직한 가게, 뭐 이런 식으로 들어섰다. 오랫동안 유지
돼 왔을 고유한 분위기가 한순간에 깨지며 어수선해졌다.
불행인지 다행인지 동네 분위기와 어울리지 않는 가게들
은 머지않아 차례로 문을 닫았다. 사람들이 홍대에 있을 법
한 가게를 찾기 위해 경복궁역에서 내려 낯선 골목을 헤매
고 힘들게 오르막을 오르는 게 아니기 때문이다. 더 큰 문제
는 이들 가게가 비슷한 시기에 들어왔다가 일제히 나가며
빈집들이 생기기 시작하면서부터였다. 빈집이 쌓이며 골목
이 흉흉해졌다. 몇몇 건물주들이 다음 세입자에게 권리금
을 받을 요량으로 빈집을 기이한 형태로 꾸미고 잡다한 물
건을 늘어놓고 파는 모습도 영 보기 흉했다. 아마 이 일대에
사람들이 들어와 터를 잡고 산 이래 가장 끔찍한 암흑의 시
대였을 테다.

　서촌의 어수선한 풍경이 어느 정도 정리된 건 2018년 '바
참'이 통인동에 들어서면서부터다. 2015년 세계 최대 규모
의 바텐더 경연대회 '월드클래스'의 한국 대표로 결승에 출
전한 임병진 바텐더는 나도 일하며 업계에서 익히 들은 이
름이었다. 그가 서촌에 바를 연다는 소식을 듣고 깜짝 놀랐
다. 큰길 건너 내자동에 '텐더바', '코블러'가 있었지만, 잘나

가는 대부분의 바가 청담동에 모여 있었기 때문이다. 우리 부부는 술을 좋아하지만, 웬만해서는 둘이 술을 마시지 않는다. 둘이 술잔을 기울이며 재잘재잘 나눌 얘기가 없어서다. 어쩌다 단둘이 술자리에 마주 앉더라도 각자 핸드폰 들여다보느라 바쁘다. 그러니 술자리가 재미있을 리 있겠는가. 술 생각이 간절한 날에는 함께 술 마실 친구를 섭외하느라 혈안이 됐다. 그러던 중 우연히 동네에 바가 생겼는데, 그곳이 국내에서 가장 실력 있는 바텐더가 차린 곳이라니. 이런 행운이 있는가. 만나 보니 임병진 대표님은 실력뿐 아니라 타고난 성품도 훌륭한 인물이었다. 나는 술을 좋아하지만 바를 즐겨 찾진 않았다. 외려 와인 바가 편하지, 칵테일 바는 어쩐지 불편했다. 공연히 혼자 주눅 든 탓도 있겠지만 뜨내기를 배척하는 분위기, 손님을 간보는 듯한 태도를 종종 감지했다. 그런데 태생이 친절하고 겸손한 임병진 대표님이 이끄는 참 바는 정말 편안하고 손님 친화적인 공간이었다. 모든 바텐더가 손님과 친구가 될 자세를 갖췄다 해야 할까. 심사위원들이 잘 오지도 않는다는 동네에 문을 연 참 바가 정식 오픈한 이듬해 '아시아 베스트 바 50'에 드는 쾌거를 이룬 이래 13위까지 오른 데는 음료의 창의성, 완성도만큼 접객 능력과 분위기가 큰 영향을 미쳤으리라 본다.

여기에 지금은 독립하여 '기슭'이라는 자신만의 바를 연이동환 바텐더의 신들린 듯한 접객이 더해져 우리는 한동안 참 바에 살다시피 했다. 바에 가면 바텐더들이 말동무를 해주니 더 이상 억지로 술 마실 친구를 섭외할 필요도 없었다. 특히 생일이면 좋은 레스토랑에서 밥 먹기보다 참 바에 가기를 선택했다. 대충 저녁을 먹은 후 바가 문 여는 시간부터 자정 너머까지 다양한 풍미와 스토리의 칵테일을 즐기며 바텐더들과 노닥이다 왔다. 집에서 남편과 단둘이 소소하게 운영하던 소셜 다이닝에 병진 대표님이 관심을 보이며 사장과 손님의 관계를 뛰어넘어 함께 시네밋터블을 기획하는 협력 관계로 발전한 것을 생각하면 정말 감개무량하다. 참 바가 물꼬를 튼 후 서촌에 자기만의 고유한 색과 이야기를 가진 사람과 공간이 한둘 늘어나며 컬래버레이션이라는 이름 아래 얼마든지 재미있는 일을 모색할 수 있는 분위기가 형성됐다. 그야말로 동네 한 바퀴 돌았을 뿐인데, 재미있는 기획이 꼬리에 꼬리를 물고 이어진다. 물론 술 먼저 마시며 우리부터 즐거워야 하니 일을 실행에 옮기는 것은 조금 더디더라도.

나는 종종 서촌이 생물 같다는 생각을 한다. 사람이, 공간이 들고 나는 것에 따라 동네 분위기가 획획 달라진다고 여기다가도, 곰곰이 생각해 보면 유구한 이 땅이 새로운 재미를 찾아 기지개를 켜고 엉덩이를 들썩들썩하며 동네 분위기를 바꾸는 게 아닌가 싶다. 서촌은 조선시대부터 예술가가 모였을 것 같지만, 실제론 연대에 따라 터줏대감이 달랐다. 원래 왕가가 차지하던 곳에 성종 대에 이르러 사대부들이 슬금슬금 들어왔으며, 훗날에는 중인들이 차지했다. 청와대와 경복궁, 인왕산에 둘러싸여 개발이 제한된 서촌은 오랜 시간 주거 지역으로 기능하다가 지난 10여 년 사이 새로운 상권으로 변모했다. 아마도 백제시대부터 사람이 들어와 살았을 서촌은 지금 가장 급변하는 격동기를 맞고 있다. 이 들썩이는 기운이 나쁘지 않다. 가끔 외출한 길에 새롭게 유입된 가게와 사람을 만나면 그들이 내뿜는 기대감에 덩달아 설렌다. 서울에서 가장 오래고도 새로운 동네랄까. 서촌처럼 고유하되, 동네에 태동하는 새 기운을 흡수하며 조금씩 변화하는 사람이 되고 싶다.

서촌에 머무르고 네 번째 봄을 맞이하며 이곳에 우리만의
무늬를 새기고 싶다고 생각했다. 그러기 위해선 동네 격에
맞는 집이 필요했다. 1979년 지어진 옥인연립의 첫인상은 영
별로였다. 낡고 해진 외관이 흡사 '귀곡 산장' 같았다.
하지만 양지바른 곳에 들어선 연립의 가치에 눈뜨는 데는
그리 오래 걸리지 않았다. 스포트라이트 같은 햇살을 온몸에
받고 있는 옥인연립은 이 동네 주인공임이 확실했다. 우리는
옥인연립 중에서도 아무도 거들떠보지 않던 원형 그대로의
집을 사 일부 벽만 남긴 채, 바닥과 천장, 남은 벽을 탈탈
털어내고 그 속에 집을 새로 지었다.

2부

옥인연립

여전히 봄이 곁에 있음을 상기해주는 아카시아향과 함께
옥인연립에 입주한 이래 나는 붙박이 같은 사람으로 변했다.
좋아하는 것들로 집을 가득 채웠더니 겨우 20평 되는 공간에서
지루한지 모르고 일주일이고, 열흘이고 지낸다. 무엇보다
남들은 마음먹고 가야 하는 카페나 호텔에서 볼 법한 절경이
거실과 주방 창문을 통해 펼쳐진다.
2023년 봄에는 얼결에 인왕산 범바위 뷰까지 얻으며 집이 더
좋아졌다. 조선시대부터 지금까지 수백 년 동안 명승지로
기능해온 범바위를 소파에 앉아 감상하는 집, 그곳이 우리
집이니.

너의 첫인상

옥인연립의 첫인상은 완전 별로였다. 1979년 지어진, 그러니까 나보다 두 살 많은 연립은 낡고 해져 귀곡 산장을 연상케 했다. 흐린 날에는 옥인연립 때문에 동네 전체가 더 우중충해 보이는 것이 동네 경관을 깎아 먹는 불청객 같았다. 볼 때마다 눈살을 찌푸리던 옥인연립의 가치를 알아보는 데는 그리 오랜 시간이 걸리지 않았다. 전세로 들어간 누상동 신혼집은 인왕산에서 이어진 비탈과 맞닿은 기슭에 있어 볕이 잘 찾아들지 않았다. 다행히 당시엔 회사를 다녀 해가 들지 않는 아쉬움을 느낄 새가 없었고, 그 덕에 전세 계약을 2년 연장해 4년을 머물렀다. 주말이면 느지막이 일어나 해장할 겸, 동네 산책할 겸 집을 나서곤 했다. 동굴 같은 집에서 탈출해 구렁이 같은 골목을 빠져나오면 누가 골목 맞은편에 '팡' 하고 조도 높은 조명을 켜놓은 것처럼 햇살이 쏟아졌다. 그리고 그 스포트라이트 같은 햇살을, 옥인연립이 주인공인 듯 온몸으로 받고 있었다. 연립 창문에 반사된 빛에 눈이 부셔 나도 모르게 손으로 눈을 가렸다. 애초에 옥인연립을 비출 목적으로 내리쬐는 핀 조명 같은 햇살에 연립의 기미, 검버섯, 잡티 등이 가려지며 그저 환하고 당당한 존재처럼 보였다. 같은 경험을 반복하며 나는 그 빛에 도취되어 '저곳에 살아야겠다'고 마음먹었다.

내 야심을 밝히자 남편이 학을 뗐다. 나는 속으로 '쟤는 아직도 이 땅에서 스포트라이트를 받는 주인공이 누군지 모른다'며 남편을 한심하게 여겼다. 남편을 개안할 계책이 필요했다. 찾아보니 일찍이 옥인연립의 가치를 알아본 현인이 있었다. 이현주, 장인성 부부였다. 비탈에 위치한 연립 단지에서도 가장 높은 지대에 속하는 둘의 집은 전망도 좋지만, 현주 언니가 많은 부분을 참여한 인테리어가 정말 멋졌다. 위치에 걸맞은 작은 산장 같은 집이랄까. 나는 그다지 적극적인 사람이 못 되지만, 남편을 설득하기 위해서는 두 사람을 만나 옥인연립의 장점을 직접 들어볼 필요를 절실히 느꼈다. 우아한형제들에서 마케팅을 총괄하는 장인성 이사님과 연락이 닿는 건 어렵지 않았다. 다행히도 두 사람은 기꺼이 우리를 만나줬고, 감사하게도 집에까지 초대했다. 외관을 보면 결코 상상할 수 없는 감각적인 집의 내부를 직접 대면한 남편의 마음이 굼틀대기 시작했다. 혹하는 것이 육안으로 보일 정도였다. 드디어 옥인연립에 잠재한 가능성을 엿봤나 했다. 하지만 그렇다고 남편의 마음이 완전히 기운 건 아니었다. 남편은 "어차피 공짜니 매물이나 한번 보든가"라고 했고, 나는 "부동산이야말로 세상에서 가장 재미있는 아이쇼핑 아니겠느냐"며 맞장구쳤다.

모두가 등돌린 폐가

옥인연립은 매물이 없기로 악명 높다더니, 80가구가 넘는 대단지임에도 불구하고 나와 있는 매물이 둘뿐이었다. 두 매물 모두 최근 리모델링을 마친 집이었다. 하지만 그 결과가 썩 마음에 차지 않았다. 리모델링했다는 이유로 시세보다 높은 가격을 부르는 것도 영 마음에 들지 않았다. 우리가 두 집을 마뜩잖아하자, 중개소 사장님이 마지못한 듯 매물이 하나 더 있는데 보겠느냐는 식으로 퉁명스럽게 물었다. 매물이 귀해 아는 사람들끼리 쉬쉬하며 거래하거나 번호표 뽑고 집을 구경한다더니, 어째서인지 그 집은 수년째 거래가 성사되지 않아 비어 있다고 했다. 의아한 마음이 들었지만, 어차피 집을 보는 건 공짜이니 일말의 희망을 안고 매물을 보러 나섰다. 직접 보니 그동안 외면받은 이유를 단박에 알 것 같았다. 옥인연립의 허름하고 해진 외관에 딱 부합하는 내부였다. 준공된 이래 한 번도 손을 보지 않았다는 집은 30년 넘는 세월을 정통으로 맞은 모습이었다. 나무 창틀에 열쇠처럼 생긴 금속 꽂이쇠가 달린 새시들은 하나같이 뒤틀려 제대로 닫히지도 열리지도 않았고, 바래진 틈으로 바람이 술술 들어왔다. 이 집에 노숙인이 들어와 살지 않는 이유는 밖보다 아늑한 구석이 하나도 없어서일 거라고 속으로 확신했다.

그런데 마음에 들었다. 옥인연립의 원형을 볼 수 있다는 점도 흥미로웠다. 옥인연립은 겨우 20평 정도의 작은 집인데도 방이 셋이나 됐다. 안방과 건너방 외에 부엌방이 있었다. 70~80년대, 청운과 성공의 꿈을 안고 무작정 서울로 상경하는 사람들의 행렬이 이어지자 먼 친인척에게 집안일을 맡길 겸 싼값에 하숙을 놓는 경우가 왕왕 있었다. 당시 지어진 아파트나 연립의 부엌에 작은 방이 딸려 있는 이유가 바로 이러한 사회 현상 때문이다. 내가 유년 시절을 보낸, 1983년 완공한 부산의 아파트에도 부엌방이 있었다. 20평

될동말동한 옥인연립에 딸린 부엌방은 웬만한 성인 남성은 다리 뻗고 눕지 못할 정도로 작았다. 대각선으로 누우면 가능할지도 모를 정도의 크기였다. 가뜩이나 집이 작은데 앞뒤로 베란다가 나란히 있으며, 싱크대는 어찌나 아담한지 여기서 밥을 지어먹은 사람들에게 경외심이 들 정도였다. 집의 원형을 보니 생활의 시대적 격차가 실감 나며 이 공간을 지금 우리 실정에 맞게 어떻게 바꿔야 할지 확신이 섰다. 무엇보다 1동부터 남쪽을 바라보며 이어지는 연립 행렬 가장 오르막에 위치하며, 꼭대기 층이어서 볕이 잘 들고 시야가 탁 트였다는 점이 마음에 쏙 들었다. 응달진 집에 살다보니 양지바르다는 사실만으로 이미 만점을 주고 싶은 심정이었다.

나름의 믿는 구석

마음의 결정을 내린 나는 중개소 사장님에게 이 집에서 누군가 죽거나 불미스러운 사건은 없었는지 조심스레 물었다. 사장님은 웃으며 그런 일은 없었다고 했다. 그냥 정말로 집의 꼴을 보고 수습할 자신이 없어 다들 포기한 거라고. 만약 공사 경험이 없었다면, 나 또한 선뜻 용기를 내지 못했을지 모른다. 2014년 가로수길에 한국의 청주와 증류주만 내는, 무척 고집스러운 우리 술 바 '드슈De Chou'를 기획하고 운영한 적이 있었다. 그때 상하수도도 없는, 곰팡내 나는 지하 공간을 싸게 얻어 다들 감탄할 정도의 세련된 공간으로 탈바꿈했다. 리모델링 공사가 어떻게 진행되며 비용이 얼마 정도 드는지 대충 감이 있는 데다, 무엇보다 믿는 구석이 있었다. 2014년 가게를 리모델링해준 '어반프레임' 서재원 소장님이었다. 2000년대 중반 우연히 읽은 프랑스 소설 《타네 씨, 농담하지 마세요》는 내게 큰 충격과 공포를 안겼다. 한 프랑스 남자가 숙부로부터 물려받은 지방 저택을 수리하며 겪는 고통과 좌절을 다룬 소설이었다. 물론 주인공인 타네가 정식으로 건축가를 고용했으면 그 정도의 시련을 겪진 않았을 게다. 저택이 크고 노후돼 공사 견적이 거의 한 아프리카 국가의 GDP에 맞먹게 나온다(물론 과장이 있었다 본다!). 불법 노동자가 판치는 인력 시장에서 오겠다는 날짜에 절대 오는 법이 없고 끝내겠다는 날짜에 결코 끝내는 법이 없는 사람들을 데려다 쓴다. 결국 상황은 첩첩산중, 설상가상, 점입가경, 오리무중의 난장판으로 변한다. 온갖 인간 군상이 등장하는 이 책은 풍자와 해학이 범람하는 블랙코미디 소설이지만, 나는 좀체 웃지 못했다. 어려서부터 집이 됐든 가게가 됐든 나만의 취향으로 공간을 뜯어고치는 꿈을 품고 있었기 때문이다. 이상하게 들릴지 모르나, 초등학생 때부터 스케치북에 내가 꿈꾸는 공간을 평면도로 그렸으며, 한번은 엄마 몰래 페인트 집에서 원하는 색을 맞춰

방문을 칠했다가 집에서 쫓겨난 적도 있었다.

저택을 수리하다 병과 빚을 얻는 타네 씨를 본지라 설계하고 견적 내는 과정에서 재원 소장님이 보이는 태도가 무척 마음에 들었음에도 긴장을 늦추지 않았다. 공사가 시작되면 이런저런 핑계를 대며 공사비를 올리고 시간을 지체할 게 뻔해 보였다. 매일 밤 두 주먹을 움켜쥐며 내일도 속지 않으리라 다짐했다. 그런데 허무하게도 공사는 예정한 날짜와 금액에 딱 맞춰 끝이 났다. 나는 그제야 손에 힘을 풀고 재원 소장님을 순한 눈으로 우러러봤다. 그 후로 주변에서 공사하며 고생한 사연을 심심찮게 접한 걸 보면 소설 속 이야기가 꼭 허구만은 아닌 것 같다. 그렇게 따지니 내가 참 운이 좋은 사람이란 생각이 든다. 건축가의 능력과 창의성에 주어진 시간과 예산을 지키는 것 또한 포함돼 있다고 여기는 사람을 만났으니. 중개소에서 나온 나는 바로 재원 소장님에게 전화를 걸었다. 며칠 후 집 상태를 본 소장님은 적지 않게 놀란 기색이었지만, 저 흉물을 함께 뜯어고치기로 의기투합했다. 그 길로 중개소를 찾아 그 집을 사겠노라고 당당히 선언했다. 몇 년간 아무도 거들떠보지 않은 매물인 데다 집주인이 서촌에서 이름난 부호라는 정보를 입수한 후라 집값도 제법 파격적으로 깎아주기를 제시했다. 집주인이 너무나 흔쾌히 제안을 들어줬기에 우리는 좀더 깎아볼 걸 그랬나, 바로 꼬리를 내리고 소심해져 버렸지만. 아무튼 가뜩이나 시세보다 낮은 금액에 값을 깎기까지 했으니 공사비로 충당할 금액을 어느 정도 아낀 셈이었다.

공사를 앞두고 디지털카메라 한 대를 샀다. 명색이 프리랜서 에디터로서 집 고치는 일생일대의 콘텐츠를 놓칠 수 없었다. 살던 집과 살 집은 걸어서 3분 거리였으므로 수시로 방문해 사진을 촬영할 계획이었다. 그런데 그 야심은 얼마 지나지 않아 물거품으로 변했다. 집의 공사 수준은 거의 집 안에 새로운 집을 짓는 거나 마찬가지였다. 바닥과 천장, 벽까지 싹 다 깨부숴 내다 버리고 다시 채워야 했다. 철거 작업이 끝나고 집을 찾았을 때 나는 묘한 감정이 들었다. 벽이며, 새시며, 문이며 다 치워 앞뒤로 뻥 뚫린 채 속을 노골적으로 드러낸 집을 보며 나도 모르게 옷깃을 여몄다. 남편도 놀란 눈치였다. 그 큰돈을 들여 집을 부수고 있으니. 훗날 다큐멘터리 영화 〈위대한 작은 농장〉을 보며 영화감독이자 주인공인 농장주가 사막화된 농장을 자연 치유 방식으로 되살리려고 분투하는 과정에서 읊은 내레이션에 크게 웃은 기억이 있다. "돈을 벌려면 농작물을 심어야 하는데, 저희는 반대로 작물을 뽑아버리기만 했죠." 이 대사를 듣는데, 집을 공사하던 때가 생각났다. 농장은 우리 집에 비할 수 없을 정도로 컸으므로 기존에 심은 작물을 없애는 데 훨씬 더 많은 돈과 시간이 들었다. 그 작업을 끝내자 원래 가지고 있던 예산이 바닥났다고 하니 주인공이 얼마나 허무했을지 일부분 공감이 갔다.

'텃새'라는 변수

설계 소장을 전적으로 신뢰하며, 직원도 매일 나와 감리
했으며, 심지어 목공·전기·설비·도장 반장님도 2014년 가
게 공사할 때 와준 분들이 그대로 왔다. 마음이 놓였다. 순
풍에 돛 단 배처럼 모든 게 순조로워 보였다. 하지만 곧 거
대한 변수가 생겼다. 1층에 사는 할머니가 우리 집 창문 크
기와 모양이 건물 외관의 통일성을 해친다며 어깃장을 놨
다. 막무가내로 떼쓰는 바람에 공사가 중단됐고, 소식을 접
한 우리는 발만 동동 굴렸다. 이때 재원 소장님이 우리더러
물러서 있으라며, 직접 할머니를 찾아가 한 시간이 넘게 이
야기를 듣고 왔다. 집주인들끼리 부딪치면 골이 더 깊어질

수 있고 이웃이 된 후에도 문제가 생길 수 있기 때문이랬다. 나는 속으로 소장님의 배려심과 현명함에 탄복하면서도 건축가도 참 몹쓸 직업이라고 생각했다. 1979년 옥인연립이 준공된 이래 쭉 연립을 지켜온 할머니는 건물주는 아니었지만 자기가 30년 넘게 쓸고 닦은 건물을 향한 애착이 대단한 사람이었다. 할머니는 끝내 자기 생각을 굽히지 않았다. 그때 정말 다행스럽게도 다른 연유로 창문 크기와 모양을 살짝 수정할 일이 생겼다. 할머니는 그것도 마음에 들어 하지 않았지만 소장님이 할머니 말씀을 귀담아들어 내린 결정이라고 열심히 구슬리자 겨우 마음이 누그러들었다. 덕분에 공사는 순조롭게 끝이 났다. 그러나 나는 1층 할머니와 마주쳐 괜한 시비에 휘말릴까 현장을 맘껏 찾지 못했고, 사진기는 이내 서랍 깊숙한 곳에 잠들어 버렸다.

1층 할머니와는 이사한 직후에도 사이가 좋지 못했다. 하루는 늦게 귀가하여 마을버스에서 내리는데, 온 동네가 쩌렁쩌렁하게 울리도록 다투는 소리가 났다. 누가 무식하게 소리를 지르며 싸우냐고 속으로 투덜거리며 걸어가는데, 우리 집 현관 센서가 저 멀리서도 보일 정도로 환하게 빛나고 있었다. 그러고 보니 귀에 익은 목소리였다. 가까워질수록 1층 할머니와 남편이 싸우고 있다는 사실이 명백해졌다. 나는 그대로 뒷걸음쳐서 동네를 빠져나가고 싶었다. 7년이 지난 지금도 둘은 데면데면하다. "거 도도한 남편더러 인사 좀 하라 그래." 1층 할머니는 마주칠 때마다 괜히 더 과장되게 실실 웃으며 인사하는 내 뒤통수에 대고 소리를 질렀다. 지금 할머니와 나는 동에서 가장 가까운 사이로 발전했다. 할머니는 옥인연립 백과사전이니 못 지낼 이유가 없다. 사람들이 부엌 뒤편에 심어진 나무의 잎을 뜯어 자꾸 들여다보는 모습을 보고 나무의 정체를 궁금해할 때도 할머니가 그 궁금증을 해소해줬다. 심지어 그 나무는 1979년 할머니가 입주할 때 좋은 기운을 빌며 심은 두 그루 두충나무였다. 할머니는 우리가 사는 동에 주인 의식을 가지고 있는 만큼 참견이 잦지만 그만큼 건물을 잘 가꾸고 꾸민다. 모든 면엔 장단점이 있지 않은가. 상대의 단점이 뭔지 정확하게 파악하고 있되, 그것이 수용하지 못할 정도로 치명적이지 않다면 최대한 장점에 집중하는 게 속 편하게 사는 법이다. 나중에 안 사실인데, 옥인연립에는 우리 1층 할머니처럼 연로한 터줏대감들이 꼭 한 분씩 살고 있다. 이곳에서 오래 산 사람 대부분이 나이가 들며 계단을 오르락내리락하는 것이 부담

스러워 이사 나가고, 1층 터줏대감들만 남은 것이다. 그래
서 텃새가 좀 있다. 꼭 옥인연립이 아니더라도 오래된 건물
에는 비슷한 경우가 있을 것이다.

구옥을 향한 새로운 시선들

요즘 구옥을 향한 관심이 부쩍 높아진 것 같다. 초기에는 주로 레스토랑이나 카페 등의 공간으로 활용할 목적으로 구옥을 리모델링했다. 사람들은 이 상업적 공간을 자연스럽게 드나들며 구옥도 감각적인 공간으로 재탄생할 수 있음을 처음 알았다. 2013년에는 국내에 에어비앤비가 진출해 구옥을 리모델링한 숙소들이 인기를 끌며 생활 공간으로서의 가능성도 엿봤다. '구옥'이라는 단어가 본격적으로 대중화된 건 아무래도 2016년 방송인 노홍철이 해방촌에 있는 구옥을 개조한 책방과 집을 공개하면서부터다. 많은 사람이 얼마든지 자신이 추구하는 가치와 개성에 따라 공간을 탈바꿈할 수 있다는 점에서 희망하는 주거 공간의 선택지 밑단에 구옥을 추가하기 시작했다. 일찍이 좋은 자리를 선점해 볕이 잘 들고 입지가 좋은 면도 이점으로 작용했다. 여기에 정권이 5년 단위로 교체되며 손바닥 뒤집듯 바뀌는 정부의 부동산 정책, 알다가도 모를 아파트 시세의 등락, 고공 상승하는 대출 이자, 불량 시공 등의 문제가 겹치며 많은 사람이 신축 아파트 매매에 피로감을 느끼는 듯싶다. 자연스럽게 자산적 가치는 떨어져도 신축 아파트나 빌라보다 가격이 저렴하면서 리모델링을 통해 자신이 원하는 공간으로 얼마든지 꾸밀 수 있는 구축 아파트, 연립, 빌라가 선택지 항목에서 점점 높은 위치를 차지하기 시작했다.

그에 비하면 나는 정말 별생각 없이 구옥을 선택했다. 내가 이 책을 쓰며 내린 소름 돋는 결론은 나는 주로 별생각 없이 직관적으로 행동하고 결정하는데, 다행히 때때로 운이 따라준다는 사실이다. 그런데 달리 생각하면 운에도 자신의 입김이 어느 정도 작용하는 것 같다. 이때 내가 형언하고자 하는 개념이 운보다 촉에 가까울 수도 있다는 생각이 든다. 촉이 좋다는 건 감각이나 통찰력을 가지고 있음을 의미한다. 감각이나 통찰력을 가지려면 타인과 주변 환경은 물론, 자기 자신을 객관화하여 관찰하고 내가 진정 뭘 원하는지, 뭘 좋아하는지 감지할 줄 알아야 한다. 당시의 나는 서촌에 뿌리를 내리고 싶었고, 그러기 위해서는 오래 살 수 있는, 동네 격에 맞는 집이 필요했다. 내일의 자산적 가치보다 오늘을 즐거움으로 채워나갈 집을 원했다. 하루하루를 집과 함께 즐거움으로 채우며 완결해 나가다 보면 내일의 자산적 가치는 집이 아닌 나 자신이 되리라 믿었다. 그리하여 내 손에 쥐여진 한도에서 내가 즐거울 수 있는 것으로 가득 채우기 위해 남들이 외면하는 흉흉한 집을, 그 속에 잠재된 가치를 보고 낮은 시세에 사서 원하는 바대로 뜯어고쳤다. 우리보다 훨씬 큰 비용과 노력을 투자해 더 크고 멋지게 집을 고치거나 아예 지은 경우가 많은데도 인터뷰 제안을 받거나 사람들이 여전히 우리 집을 궁금해하는 건 이 집이 우리와 동네의 격에 잘 맞는다고 여기기 때문일 듯싶다. 꼭 집이 아니더라도 무언가를 선택할 때 실패를 줄이려면 평소 관찰하고 상상할 줄 아는 힘이 필요한 것 같다.

좋은 생각을 가진 건축가를 만난 것도 전적으로 운일 수 있지만, 곰곰이 생각해 보면 그외에 다른 무언가가 분명히 있던 것 같다. 내게 재원 소장님은 최고의 파트너지만, 누군가와는 합이 맞지 않을 수도 있을 테니. 내가 가진 선명한 태도 중 하나는 '약은 약사에게, 진료는 의사에게'다. 그 방면으로 머리가 트이고 숙달된 전문가가 따로 있다는 얘기다. 정확하게 내게 필요한 부분이 무엇인지 생각을 정리하고 그 분야의 전문가를 찾는 게 문제를 해결하는 정공법이라 생각한다. 우리는 일생을 살면서 다양한 문제에 봉착한다. 그때마다 그 문제를 직접 풀려고 든다면, 비용은 아끼고 지식과 경험은 쌓일지라도 그 이상의 시간과 체력이 낭비된다. 우리는 스스로 잘할 자신 없는 분야의 일을 전문가에게 맡기기 위해 잘할 수 있는 일에 몰두하며 돈을 버는 게 아닌가. 그럼 전문가를 찾아 내게 필요한 게 뭔지 정확하게 전달하면 된다. 내가 원하는 해답을 주는 사람이라면 그때부터는 믿고 따르는 미덕이 필요하다. 가령, 나는 기획자 겸 편집자 겸 글 쓰는 사람이다. 누군가가 잡지를 만들고 싶다면, 나 같은 사람을 찾으면 사진가, 디자이너, 일러스트레이터를 모아 그리는 방향대로 책을 만들어 줄 것이다. 이때 소통을 통해 원하던 그림이 구체적으로 나왔다면, 그때부터는 전적으로 만드는 사람을 믿어야지 지나치게 초조해하거나 간섭하면 될 일도 되지 않는다. 전문가가 신뢰를 줬다면,

그때부터는 한발 물러나 믿고 기다려주는 미덕이 있어야
자다가도 떡이 생긴다.

아카시아향과 함께
입주했습니다

2017년 5월 12일은 옥인연립에 입주한 날이다. 정확한 날짜를 기억하는 이유는 그날이 남편 생일이어서다. 나는 지독한 감기에 걸려 있었다. 가뜩이나 콧물이 마르지 않는데, 풀썩이는 먼지로 콧물이 쉴 새 없이 쏟아졌다. 힘은 이삿짐센터 직원들이 주로 써도 콧물이 흐를 때마다 코를 풀 수 있을 만큼 손이 자유롭진 않았으므로 콧물 범벅이 된 얼굴을 가리기 위해 마스크를 두 겹 썼다. 드는 집에서 나는 집까지 거리는 겨우 200미터가 되지 않았지만, 차량 이동이 만만치 않은 동네였다. 인부들이 크고 작은 짐을 등에 태우고 수시로 두 집을 오가야 했으며, 두 건물 모두 엘리베이터가 없는 것도 걸림돌이었다. 한숨 소리와 곡소리가 여기저기서 터져 나왔다. 현장에서 이삿짐센터 사장님에게 웃돈을 주겠노라 약속했지만, 마음이 영 편치 못했다. 그런데 금방까지 앓는 소리를 내던 인부들이 한순간 새집 부엌 창문에 매달려 환하게 웃으며 재잘재잘 떠들기 시작했다. 어디서 생겼는지 처음 보는 전기포트, 종이컵, 봉지 커피를 꺼내더니 아예 일손을 놓고 여유롭게 커피 타임을 가졌다. 그 뒷모습이 흡사 정상에 당도한 등산객 같았다. 나는 무슨 좋은 일이 생겼나 궁금해 창가로 다가가 물었다.

"사모님, 이 냄새 안 나세요?" '사모님'이라 부르는 것도 어색한데, 냄새라니 더 의아했다. 새집에서 무슨 나쁜 냄새라도 나는가 싶어 덜컥 겁이 났다. 당황하여 최대한 콧구멍을 열어젖히고 그 속에 공기를 집어넣으려 애썼다. 하지만 넘어오는 건 물컹한 콧물뿐이었다. 내가 감기에 걸려 냄새를 맡지 못한다는 걸 인지한 그들은 내게 아카시아향이 밀려온다며, 알기로 이 집 뒤편 어딘가에 아카시아나무 군락지가 있다고 귀띔했다. 참고로 한 동네에서 나고 드는 이동이었으므로 옥인동에 있는 이삿짐센터를 이용했기에 일하는 분들이 동네 사정에 훤했다. 입가에 미소가 떠나지 않는

면면을 보며 나는 아카시아향이 밀려오는 장면을 상상해봤
다. 머루포도처럼 작고 옹골진 꽃이 밀도 높게 알알이 맺힌
순백의 아카시아꽃을 장난기 완연한 봄바람이 툭툭 치고
마구 흔든다. 억지로 깨어난 아카시아꽃의 향 입자를 공기
입자가 등에 태운 후 경주하듯 우리 집을 향해 한꺼번에 밀
려오는 장면을. 그리고 그 달달한 향의 파도에 온몸을 내맡
긴 사람들을.

내 곁에 아직 봄이 있음에

감사하게도 아카시아꽃이 다 지기 전에 감기가 나아서 나도 그 달고 농밀한 향을 맡는 행운을 누렸다. 아카시아꽃은 한 송이만 있어도 공기는 물론 기분의 흐름까지 바꿀 정도로 향이 짙다. 그런데 이 발향력 강한 꽃나무가 군락을 이루고 있으니 아카시아꽃 필 무렵이 되면 그야말로 공기 입자가 향 입자를 태우고 이리저리 날뛰는 장면이 머릿속에 그려질 정도로 꽃향기가 넘실댄다. 산수유에서 벚꽃까지 이어지는 봄꽃의 향연이 끝난 지도 한참 지난 5월, 봄이 다 갔다고 아쉬워하는 순간, 바람을 타고 아카시아향이 코끝에 와닿으면 아직 봄이 곁에 있음에 짜릿한 탄성을 내지른다. 나는 아카시아 군락지 가까이 사는 즐거움을 혼자 만끽하기 아쉬워 5월이면 꼭 친구들을 집에 초대한다. 부엌 창문을 활짝 열고 아카시아향을 맡으며 친구가 센스 있게 가져온 흰 꽃 향이 나는 화이트와인을 마시는 즐거움을 놓칠 수 없다. 누군가가 새로 들인 유명 작가의 작품이나 명품 가구를 자랑하기 위해 사람을 초대하듯, 나는 내 집에서 한시적으로 즐길 수 있는 자연의 호사를 자랑하고 나누기 위해 손님을 맞이한다.

알고 보니 아카시아나무는 더 가까이 있기도 했다. 부엌 뒤편에는 네 그루의 나무가 도열해 있다. 우리 집에서 가까운 순으로 두충나무 두 그루, 감나무 한 그루, 그리고 마지막으로 가장 멀리 아카시아나무가 심어져 있다. 그런데 이때 심어져 있다는 표현이 무색하게도 아카시아나무는 어딘가 있다는 군락지에서 씨가 날아와 저절로 뿌리를 내린 듯 싶다. 1979년 입주한 이래 쭉 살아온 1층 할머니는 아카시아나무를 베어달라고 구청과 주민센터에 민원을 넣은 이야기를 수시로 꺼낸다. 할머니는 그때마다 사유지에 있는 나무이니 알아서 해결하라는 답변을 받았다며, 어느 바보가 자기 마당에 아카시아나무를 심느냐며 답답해했다. 3층에 사는 나로서는 잎이 무성한 나무갓을 감상하는 즐거움이 크지만, 1층에 사는 할머니로서는 그 무성한 잎들이 자신의 뒷마당에 고스란히 떨어져 쌓이니 장성한 나무들 때문에 꽤 골치 아픈 모양이다. 언젠가부터 할머니가 정부가 공짜로 퍼주는 염화칼슘이라는 순백의 화학물질만 있으면 손쉽게 나무를 죽일 수 있다는 사실을 알아버렸기에 나는 때때로 아카시아나무가 무사한지 걱정스러운 마음으로 뒷마당을 살피곤 한다.

1층 할머니의 눈엣가시인 아카시아나무는 매우 가까이 있지만, 우리 집으로부터는 가장 멀리 떨어져 있다. 그런데 이 나무가 옆집에서는 손이 닿을 정도로 가까운 모양이다. 우리가 속한 옥인연립은 꽤 잘 알려진 주거 단지다. 이 오래된 단지는 진작에 개발됐어야 했으나, 인왕산 줄기 따라 지어진 탓에 지층이 암반이어서 땅을 팔 수 없다는 점, 인왕산과 경복궁, 청와대와 가까워 고도 제한이 있다는 점 때문에 지금까지 재개발되지 않고 무사할 수 있었다. 겉으로 봤을 때는 귀곡 산장처럼 낡은 이 단지가 왜 유명해졌는지 나도 명쾌하게 답하기 어렵다. 돌산이지만 어쩐지 푸근한 인상의 인왕산을 등지고 있으며, 지금은 복개했지만 하천이 여러 갈래로 흐르는 서촌은 풍수 문외한인 내 눈에도 명당처럼 보이긴 하지만.

　지나친 동네 부심 같지만, 한 편에 궁을 끼고 있는 동시에 사직단을 품고 있으니 이미 공인된 명당임이 확실하다. 사직동에 위치한 사직단을 지금의 궁색한 모습만 보고 대수롭지 않게 여기는 경향이 있다. 하지만 "전하! 종묘사직을 보존하옵소서"라는 사극 대사를 곱씹어보면 토지와 곡식의 신에게 제사를 지내는 사직단이 역대 왕의 위패를 모시는 종묘만큼 중요한 상징적 장소였음을 알 수 있다. 이쯤에서 조선시대에는 농사만이 살길이었음을 거듭 강조하고자 한다. 500년 조선 왕조가 인정한 명당이지만, 고층 건물을 지을 수 없었던 서촌에서 거의 유일하게 대단지를 이루고 있어서인지 옥인연립은 늘 과분한 관심을 받아왔다. 그리고 부동산 가치는 몰라도 삶의 가치는 아는 젊은 사람들이 저마다 개성 있게 집을 고쳐 살기 시작하며 더 많은 이목을 끌기 시작했다. 우리 부부만 보더라도 옥인연립을 고쳐 산다는 이유로 EBS 〈건축탐구-집〉에 출연하는 특별한 기회를 누렸다.

옆집이었어야 했나

다시 본론으로 돌아와 옥인연립은 지난 몇 년간 젊은 사람의 유입이 눈에 띄게 늘었다. 나는 다른 집은 또 얼마나 기발하게 고쳤는지 궁금해 종종 인스타그램에 옥인연립을 검색해보곤 한다. 그러다가 옥인연립을 태그한 옆집 사람의 계정까지 가 닿게 됐다. 그리고 그곳에서 옆집 사람이 주방 창문으로 손을 뻗어 아카시아꽃을 꺾어 그것을 튀겨먹었다는 게시물을 봤다. 영화 〈리틀 포레스트〉를 본 사람이라면 누구나 궁금해하고 선망했을 아카시아꽃 튀김을 집에서 해 먹은 것이다. 나는 누군가를 막 부러워하는 성격은 아니지만 그 순간만큼은 옆집 사람이 너무 부럽고 질투가 나

마음에 불이 댕길 지경이었다. 그래서 다음 봄까지 어떻게든 그와 친해져 아카시아꽃을 나눠 갖겠다고 다짐했다. 물론 그 야무진 다짐은 게으르고 소심하고 내향적인 성향 때문에 매번 실패했지만.

살랑살랑 전 국민의 마음을 남실거리게 하는 벚꽃이 지고, 소박한 황매화와 애기똥풀꽃으로 아쉬운 마음을 달래는 어느 날, 아카시아꽃은 매혹적인 향을 터뜨리며 무뎌진 사람들의 마음에 파장을 일으킨다. 아카시아향이 사람들을 더 들뜨게 하는 이유는 나무나 꽃은 보이지 않은 채 향만이 느닷없이 찾아오기 때문이다. 아카시아나무가 있는지, 아카시아꽃이 피는 무렵인지 모른 채 무심히 걷다가 어딘가에서 불현듯 퍼져온 단향에 밋밋했던 기분이 한순간 밝고 경쾌해진다. 그제야 정신을 차리고 이 기분 좋은 단향이 어디서 비롯된 것인지 찾기 위해 주변을 둘러봐도 아카시아나무는 좀처럼 눈에 띄지 않는다. 포도처럼 주렁주렁 열리는 탐스러운 모습을 그대로 빼닮은 글래머러스한 향만큼 그 홀연한 등장이 아마도 아카시아향을 더 인상적이고 감격적으로 기억하게 하는 것 같다. 아카시아나무가 눈에 잘 띄지 않는 것을 보니 1층 할머니 말처럼 사람들이 일부러

심는 나무는 아닌 듯도 싶다. 참고로 아카시아나무는 열대
식물이며, 국내에 존재하는 나무는 아카시아나무의 유사종
으로 '아까시나무'라 불러야 맞다. 하지만 너무 오래 아카시
아나무라 불러서인지 아까시나무라고 하려니 다른 수종을
얘기하는 양 어색하여 틀린 걸 알면서도 아카시아나무라
명기한 것에 양해를 구한다.

집에서 가장
마음에 드는 곳은요

"집에서 가장 마음에 드는 곳이 어디예요?" 인터뷰할 때
마다 공통으로 받는 질문이다. 우리는 오래된 연립 주택을
개조하고, 집에서 영화를 접목한 소셜 다이닝 시네밋터블
을 운영하면서 다양한 매체와 만났다. 사실 우리가 연립을
고치고, 집에서 소셜 다이닝을 운영한 이유는 그것이 우리
에게 주어진 최선의 선택이어서였지, 거창한 이유는 없었
기에 인터뷰 제안을 받을 때마다 살짝 얼떨떨한 기분이 든
다. 그럼에도 매번 응한 이유는 나와 우리 가족에게 특별한
추억이 되리라 믿기 때문이다. 비록 내 못생김이 가감 없이
노출되어 이불 킥할지라도 그 또한 언젠가는 재미있는 안

줏거리가 되리라 여기며 최대한 개그로 승화하려 한다. 돌아갈 수 없는 30대의 우리가 이미 거기에 박제돼 있으며, 언젠가 고양이별로 돌아갈 구니니와 함께한 시간이 고스란히 남아 있을 테니. 우리만의 사적인 순간을 내 소유의 핸드폰 사진첩 너머 포털 사이트나 유튜브, 넷플릭스 등의 OTT에서 감상할 수 있다는 건 제법 근사한 일 아닐까. 물론 넷플릭스에 올라온 콘텐츠는 다시 볼 용기가 나지 않지만.

본론으로 돌아가 공통 질문을 받을 때마다 나는 "창밖 풍경"이라 답한다. 아마 남편은 "대문"이라 답한 것 같다. 둘 다 집에서 찾으랬더니 집 밖에서 찾는다며 웃은 기억이 나는 걸 보면. 프리랜서가 되고 지금의 집으로 이사한 후 나는, 앞서 말했듯 특별한 일이 없으면 집 밖에 잘 나가지 않는 '집순이'가 됐다. 그렇게 된 지 벌써 7년이 지났지만, 엄마는 여전히 "하루라도 집 밖에 나가지 않으면 큰일 날 것처럼 굴더니 오래 살고 볼 일이다"라며 변한 딸을 어색해한다. 특별한 일이 없으면 일주일이고, 열흘이고 집에 머물러 있다. "열흘 만에 나왔다"고 하면 사람들이 답답하지 않느냐고 묻곤 하는데, 전혀 그렇지 않다. 오히려 외출이 더 짜릿하게 느껴지는 순기능이 있다. 오랜만에 외출복을 입고 나와 맞는 바깥바람의 냄새는 그리 새콤달콤할 수가 없다. 정말 답답했다면 진작에 내 발로 걸어 나왔을 게다. 집에 갇혀 있는 것도 아니니. 그렇다고 기질이 차분하게 바뀌었느냐 하면, 그것도 아니다. 여전히 성질이 급해 지루한 순간을 한시도 견디지 못한다. 그런데도 집, 그것도 겨우 20평 되는 공간에서 지루한지 모르고 지내는 이유는 집에 좋아하는 게 다 있어서다. 집에 고양이도 있고, 커피도 있고, 주전부리도 있고, 술도 있고, TV도 있고, 책도 있고, 음악도 있고, 취미로 몰두할 수 있는 부엌일도 있고… 무엇보다 마음먹고 가야 하는 카페나 호텔에서 볼 법한 경치가 있다.

앞뒤가 다른 풍경

아침에 일어나면 가장 먼저 거실로 나와 커튼을 걷고, 마을의 시작을 알리는 경계목으로 심었을 커다란 느티나무와 인왕산 정상에서 완만하게 이어진 능선을 초록으로 가득 메운 만산수엽滿山樹葉을 잠시 감상한다. 그리고 부엌으로 옮겨 블라인드를 걷고 창에 맞닿아 있는 두충나무와 그 사이로 내려다보이는 골목을 구경한다. 이 골목길은 외부인은 잘 모르는 뒷길로 차량의 진입이 뜸해 갓길에 잠시 주차하고 쉬어가는 사람, 개를 끌고 산책하는 사람, 어슬렁거리는 고양이, 몸단장하는 새 등이 모여 느긋한 분위기를 연출한다. 그 골목길 너머로는 부암동을 넘어가는 인왕산 둘레

길이 이어지는데, 오르막의 단차가 크다 보니 길을 갈지자로 켜켜이 쌓듯 내놓아 창을 통해 길을 오르내리는 사람과 차량을 중첩하여 지켜볼 수 있다. 그 갈지자로 이어지는 오르막길의 가장 아랫단을 받치는 축대에는 덩굴 식물이 자생하고, 그 위로는 불국사에서 심은 대나무가 숲을 이루고, 어딘가에서 날아온 꽃씨가 싹을 틔었을 개나리, 자목련, 매화나무는 여름부터 겨울까지 이름 없이 지내다 봄이면 꽃을 피우며 한껏 존재감을 드러낸다. 한 촬영 감독은 부엌 창을 통해 지그재그로 난 오르막길이 한눈에 보이는 것이 연극 무대를 보는 것처럼 흥미롭다고 묘사하기도 했다. 아, 참고로 좀 전에 언급한 불국사는 괜히 붙인 이름이 아니라 조계종으로부터 이름을 인정받은 절이다. 아마 인왕산에 '석굴암'이라 불리는 석굴이 있어 가능한 일이 아니었나 싶다.

구니니는 두충나무 두 그루가 바짝 다가앉은 부엌 창가를 특히 좋아한다. 뒤편에는 대나무숲이, 앞에는 아름드리 느티나무가 있어 우리 집 주변에는 사시사철 새들이 모여든다. 두충나무는 새들에게는 그 중간의 휴식처이자 구니니에게는 가장 가까이서 새를 구경할 수 있는 명당이다. 구니니가 새를 지켜보는 데는 그것을 잡아먹겠다는 꽹장히 불순한 의도가 숨어 있지만. 두충나무 그늘에 서서 무언가를 열심히 쪼거나 몸단장하며 쉬는 새들을 넋 놓고 구경하는가 하면, 골목을 유유히 빠져나가는 고양이나 개, 사람들에 잠시 한눈을 팔기도 한다. 나도 그 옆에 앉아 골목을 구경하는 걸 좋아하나, 그보다는 거실에 앉아 먼 풍경을 보는게 더 즐겁다. 그늘이 되어주는 뒤편 건물에서 누군가 자신을 내려다볼 수 있다는 가능성을 좀체 상상할 수 없는지 별이상한 행동을 하는 사람들이 많기 때문이다. 그야말로 천태만상이 펼쳐진다. 눈살을 찌푸리면서도 급하게 남편을 불러 숨죽인 채 함께 구경하는 재미가 있긴 하지만, 어떨 때는 별생각 없이 밖을 내다보다 길 위의 사람들과 눈이 마주칠 뻔한 적도 있다. 그런 점에서 거실 창을 통해 먼 풍경을 보는 게 훨씬 마음 편하다. 식물은 인간과 달리 부끄러울 짓을 할 일말의 가능성도 없고.

비어 있던 이 집을 처음 봤을 때는 봄의 문턱이었으므로 풍경이 어떻고 하는 건 사실 알지 못했다. 스스로 살 집을 찾아다닌 게 생애 두 번째였으니 집에 관해 잘 모르기도 했다. 그저 오르막에 위치하고 가장 위층이어서 전망이 넓게 트이고 볕이 잘 들어 마음에 들었다. 그 정도만 아는 채로 집을 샀다. 그런데 5월 초, 완연한 봄에 이사 와 보니 이렇게 경치가 좋은 집이 없었다. 앞에 쪼르르 선 연립 뒤통수 너머로 아름드리 느티나무의 풍성한 나뭇갓이 보이고, 옆 동 앞에도 못지않게 늠름한 느티나무가 있으며, 그 너머로는 누가 병풍을 펼쳐놓은 듯 인왕산 능선이 이어졌다. 거실 반대편, 부엌 창문에 바짝 다가앉은 나무에는 어느새 잎이 풍성하게 자라 식탁 위로 싱그러운 푸른빛을 떨궜다. 창밖 풍경까지 따질 정도의 형편도, 안목도 갖추지 못했음에도 운 좋게 멋들어진 경치를 갖춘 집을 얻은 셈이다. 의도치 않게 풍경 좋은 집에 살며 전망이 주는 즐거움에 눈뜨니 남의 집에 놀러 가도 가장 먼저 창밖 풍경부터 살피게 됐다. "와, 이 집은 왕복 8차선 도로가 내려다보여!", "와, 이 집에서는 스타벅스가 보이네!" 꼭 자연이 아니더라도 매 순간이 같을 수 없으며, 되풀이되지 않는다는 점에서 움직이는 풍경이 있다면 충분히 관찰하는 재미가 있음을 깨닫는다.

자연의 섭리를
이겼는지, 어겼는지

  매일 집에 앉아 똑같은 풍경을 보면 어떻게 될까. 누군가
는 뒤에 올 말을 기다리지 않고 속으로 '미쳐버리겠지'라고
응수할지 모른다. 내 경우엔 다르다. 관찰하는 훈련이 되며
이전에 보지 못한 것들이 보인다. 관찰력이 점점 섬세해짐
을 느낀다. 작년까지 혹은 어제만 해도 보이지 않던 꽃이 수
풀 사이로 눈에 띄고, 낯선 고양이와 새가 보이며, 사람과
차가 보인다. 처음에 하나의 단일한 초록 덩어리로 보이던
인왕산 비탈면도 점점 얼룩덜룩해 보이더니 이제는 그 속
에 산벚나무, 오리나무, 들메나무 등 다양한 수종이 섞여 있
음을 안다. 발견하는 일은 언제나 즐겁고, 애정을 쏟을 존재

가 많을수록 삶은 풍요로워진다. 특히 식물은 고양이처럼 영역을 바꿔 돌아다니지 않으므로 한 번 애정을 품으면 내가 그 자리를 떠나지 않는 한 평생 관찰하고 교감하며 소소한 기쁨을 나눌 수 있다. 물론 일방적인 교감이겠지만. 나는 지난 7년간 같은 풍경을 지켜보며 특정할 수 있는 나무에 개별적인 애정을 품으며 그들을 '애착 나무'라 부르기 시작했다. 문제는 고양이처럼 하루아침에 사라지지 않는 대신 선 자리에서 생을 마감할 수 있다는 가능성을 전혀 염두에 두지 못했다는 점이다.

주로 거실 소파에 궁둥이만 걸치고 일하는 내게 잠시 몸의 긴장을 풀고 소파에 파묻혀 바깥을 바라보는 시간은 짧지만 소중한 휴식이다. 회사 다닐 때 담배 태우는 사람들 따라 바람 쐬고 오는 것과 같다 할까. 그 경험과 시간은 일하는 기분과 능률에 지대한 영향을 미친다. 그렇기 때문에 나뭇잎이 우수수 떨어지고 먹을 탄 듯 산의 빛깔이 흐려지고 탁해지는 가을부터 초조하기 시작해 누가 땅 위에 있는 수분과 생기를 몽땅 빨아들인 듯 메마른 풍경의 겨울이 되면 마음 한편에 약간의 울기가 낀다. 그런데 2022년 가을, 상록수를 제외한 모든 나무가 앞다퉈 잎을 홀홀 떨구는데도 불구하고 거실에서 정면으로 보이는, 마을 어귀의 아름드리 느티나무가 여전히 잎을 주렁주렁 붙들고 있었다. 수령을 정확히 알 수 없어 더 영험하게 느껴지는 느티나무에 신묘한 힘이라도 깃든 걸까. 앞으로 수개월간 쓸쓸한 풍경을 견뎌야 한다고 여겼던 나는 느티나무에 나타난 기현상을 찬미하며 남몰래 응원했다. 한겨울에도 위풍당당하게 잎을 달고 있는 느티나무 덕에 그해 겨울은 확실히 덜 쓸쓸하고 덜 외로웠다.

느티나무 살리기

문제는 봄이 오고 나서였다. 겨우내 인정머리 없이 기승스럽던 삭풍이 훈풍의 진격에 밀리며 계절의 양상이 홱 바뀌었음에도 겨우내 신묘한 힘에 의해 잎을 떨구지 않는다 믿은 느티나무가 꿈쩍도 하지 않고 가만히 있었다. 나무야 원래 가만있는 존재라 하지만, 문제는 아무런 생의 조짐도 보이지 않았다. 겨우내 붙들고 있던 마른 잎을 떨굴 생각도, 새잎을 틔울 생각도 없어 보였다. 덜컥 겁이 났다. 돌이켜 생각하니 지난가을 잎을 떨구지 않은 것부터 전혀 정상적인 현상이 아니었다. 어쩌다 외출하는 날이면 고개를 젖히고 나무를 올려봤다. 탈각된 나무껍질이 말라 오그라들며 기이한 형태를 띠고 있었다. 나는 이 오래된 대목이 죽어 가고 있음을 직감했다. 머리끝이 쭈뼛 곤두섰다. 수백 년 수령의 거대 생명체의 수명이 꺼져간다는 사실도 충격적이었지만, 그것으로 인해 창밖 풍경이 바뀌며 내 일상에 미칠 영향을 상상하니 아찔했다. 당장 나무 의사를 불러야 할 것 같았다. 하지만 그런 직업이 있다는 사실을 책이나 TV를 통해 접했을 뿐, 실제로 어디 가야 만날 수 있는지, 어떻게 불러야 하는지 알지 못했다.

가장 먼저 내 짐작이 맞는지 확인할 필요가 있었다. 착각이라면 더없이 좋을 것 같았다. 검색창에 '서촌 느티나무 병충해', '옥인동 느티나무 고사' 등의 단어를 이래저래 조합해 입력해봤다. 만약 짐작이 맞았다면 나와 같은 문제를 알고 고민하는 사람이 분명히 있을 것 같았다. 없었다. 이런 문제는 페이스북이나 트위터에서 더 활발히 제기될 것 같아 오랜 금기를 깨고 앱을 깔아볼까도 잠시 고민했다. 어떤 식으로 접근하든 혼자 해결할 수 있는 문제가 아니라는 점은 확실했다. 내 소유의 나무도 아니니. 그때 가장 먼저 든 생각이 서촌 주민 혹은 서촌을 좋아하는 사람들에게 호소할 만한 콘텐츠를 제작해 크라우드 펀딩을 통해 돈을 모아

나무 의사를 부르는 것이었다. 하지만 게을러 머릿속만 복잡할 뿐, 실제로 행동하는 건 하나도 없었다. 그러다가 답답한 마음에 인스타그램 스토리에 느티나무 사진과 함께 내가 지켜본 기현상에 관한 글을 짧게 써 올렸다. 반나절도 되지 않아 기쁜 소식이 들렸다. 오랜 시간 서촌에 살았으며, 서촌을 배경으로 활동했던 한 지인이 아는 공무원에게 연락했고, 그 공무원의 도움으로 녹지과에 연결되어 나무 의사가 상태를 살피러 출장 오기로 했다는 소식이었다. 나는 그 지인의 추진력과 문제 해결 능력에 감탄했고, 곧 크라우드 펀딩 따위를 생각해 낸 자신이 한심스러웠다. 제 버릇 남못 준다고, 생각하는 수준이 참 거기서 거기라는 생각에 헛웃음이 났다. '크라우드 펀딩이라니 어느 세월에… 절레절레….'

　나무 의사를 간절히 만나고 싶었다. 그간 환자의 상태를 가장 가까이서 지켜본 사람으로서 병의 경과를 누구보다 생생하게 부연할 수 있을 것 같았다. 동시에 그 나무 외에 옆 동 앞에 있는 느티나무도 원줄기가 둘로 갈리며 큰 줄기가 생체 활동을 멈춘 듯해 한번 봐줬으면 했다. 하지만 그해 봄, 기후변화가 고기압을 이례적으로 정체시키며 바위산인 인왕산에도 불을 지폈다. 나무 의사들이 화재 현장에 있는 나무를 살피느라 바빠 언제쯤 갈 수 있을지 미리 스케줄을 알려주기 어렵다고 했다. 나는 이제나저제나 나무 의사가 오기를 기다렸다. 평소와 다른 기대감으로 커튼을 걷은 지 일주일이 지나도록 기척이 없어 슬슬 포기할 즈음, 오랜만에 외출했다가 뜻밖의 광경을 마주했다. 한 아름의 나무 둘레를 따라 링거가 주렁주렁 달려 있었다. 족히 10개는 넘어 보였다. 나무 의사가 다녀간 게 틀림없었다. 기뻤다. 나무 의사를 만나지 못해 아쉬웠지만, 전문가가 다녀갔으니 좋아지리라는 기대와 나무 상태가 좋지 않다는 내 직감이 맞았다는 안도감이 더해져 마음이 한결 편안했다. 또, 의사가 할 수 있는 처치가 수액을 주사하는 것 말고도 있을 테니 이른 시일 내에 다시 오리라 기대했다.

닷새가 지난 어느 날, 평소와 다른 소음에 일찍 깼다. 무슨 일인지 궁금해 잠이 덜 깬 눈언저리를 비비며 커튼을 걷었다. 흐릿한 시야 사이로 너무도 생경한 광경이 펼쳐지고 있었다. 한 무리의 사람들이 3층짜리 연립 건물 위로 우뚝 솟은 나무갓 사이를 둥둥 떠다니고 있었다. 마치 영화 〈와호장룡〉에서 대나무를 사뿐히 즈려밟고 공중에 선 이모백(주

윤발)을 연상케 했다. 믿을 수 없는 광경에 눈가를 박박 문
지른 후 눈을 부릅떴다. 정신을 차리고 보니 공중에 떠 있는
게 아니라 사다리차를 타고 올라가 있는 모습이었다. 안전
모에 형광색 안전 조끼를 걸친 사람들이 전기톱을 들고 느
티나무 가지를 가차 없이 자르고 있었다. 나무 의사가 왔음
을 직감한 나는 대충 눈곱을 떼고 이를 닦고 밖으로 나갔다.
안전모를 쓴 중년 남성 여럿이 모여 있었다. 그중 한 손에
게임기 같은 것을 쥐고 다른 손으로 조이스틱 같은 손잡이
를 연신 흔들고 꺾는 남성이 보였다. 무인 사다리차를 원격
조종하는 모양이었다. 나는 그 남성에게 다가가 "나무 의사
가 왔느냐"고 물었다. 그는 애초에 성립되지 않는 질문을 들
은 것처럼 의아한 표정을 잠시 짓더니 자신을 포함한 여기
있는 사람들 모두가 나무 의사라 답했다. 나무 의사라는 단
어를 처음 접한 순간부터 품어왔던 이미지와 너무 다른 모
습에 흠칫 놀랐다. 의사 가운을 입되, 산과 들을 누벼야 하
니 편한 등산 바지에 운동화를 신은 모습을 그렸다. 그런데
진짜 나무 의사들은 공사장에서 볼 법한 복장을 하고 있었
다. 그간 얼마나 허무맹랑한 상상을 했는지 얼굴이 화끈거
릴 정도였다.

나는 지난가을부터 관찰한 증상을 브리핑했다. 묵묵히 고개를 끄덕이며 듣던 나무 의사는 확실히 상태가 좋지 않다고 대답했다. 며칠 전 상태를 확인하고 그 자리에서 수액을 주사하고 아예 팀을 꾸려 다시 왔다고 했다. 직업병이 도져 이런저런 질문을 던졌다. 원인은 응애와 진딧물 등에 의한 병충해 같다며, 약을 쳐 해충을 박멸하고 죽은 가지를 최대한 쳐낸 후 큰 가지를 와이어로 연결해 더 이상 벌어지지 않게 하는 브레싱 작업을 하고 있다 했다. 이런 일련의 조치를 통틀어 '수목외과수술'이라 부른다고도 일러줬다. 나무의 외과수술이라니 어쩐지 다정하게 들렸다. 넌지시 옆 동에 죽어가는 느티나무와 몇 년 전부터 얼굴이 누렇게 뜬 불국사 대나무도 한번 봐줄 수 있는지 물었다. 나무 의사는 이번만은 단호하게 자신들은 구청에서 의뢰해야 왕진을 나올 수 있다며, 구청에 문의해보라 했다. 그러면서도 지금 치료하는 느티나무는 '종로구 아름다운 나무'로 선정돼 민원이 접수된 거지, 그렇지 않을 경우 민원을 넣어도 소용이 없을 거라 귀띔했다. 아쉬웠지만, 이 나무만이라도 살려주기를 간절히 바랐다.

죽은 나무가 남긴
뜻밖의 선물

나무 의사가 다녀간 지 수일이 지난 어느 날, 익숙한 전기톱 소리에 평소보다 일찍 깼다. 나무 의사가 재방문한 건지 궁금해하며 커튼을 걷었다. 그런데 이번에는 안전모를 쓴 사람이 사다리차를 타고 올라 옆 동 느티나무의 죽은 가지를 전기톱으로 사정없이 베고 있었다. 한전 로고가 새겨진 작업복을 입은 사람이 잔가지에 이어 윗동아리도 마구 잡이로 뻤다. 그 나무의 원줄기가 거의 죽은 상태였기에 그럴 만도 했다. 특히 생체 활동이 끝나며 마른 가지가 끝부터 휘고 끊어지면서 전선에 닿아 합선될 우려가 있었다. 아마 그런 연유로 한전에서 파견 나왔으리라 추측했다. 살리지 못했으니 어쩔 수 없는 일이라며 받아들이고 점심밥을 지으러 부엌으로 향했다. 두어 시간 후 점심을 먹고 다시 거실로 나와 창밖을 살피니 공사가 끝났는지 한전 직원은 가고 없었다. 그리고 그들이 떠난 자리에서 멋없이 동강 잘려 나간 느티나무의 윗동아리를 발견했다. 순간 화가 머리끝까지 뻗쳤다. "무식하게 나무를 저렇게 잘라놓으면 어떡해!" 필요 이상으로 분개하는 나를 보며 남편이 내 소유의 나무도 아니면서 괜히 열 올린다며 놀렸다.

그런데 그날의 사건이 새로운 국면을 맞았다. 저녁이 되자 옆 동 느티나무의 멋없이 잘려 나간 윗동아리에 집중하느라 당장 보지 못한 생경한 풍경이 보이기 시작했다. 저게 뭐지…? 인왕산의 너그러운 능선을 따라 이전까지 보이지 않던 거대한 바위가 해끔히 보였다. 바위산인 인왕산에서 바위 봉우리가 보인다는 것은 이 얼마나 유의미한 일인가. 어머머! 그때부터 숨넘어갈 듯 호들갑을 떨었다. 그런데 저게 무슨 바위지? 인왕산 기슭에서 10년 넘게 살며 그때까지 인왕산을 한 번도 오른 적이 없었다. 그러니 눈앞에 보이는 바위가 무엇인지 알 길이 없었다. 답답했다. 당장 옷을 갈아입고 나가 올라가보면 될 것을, 역시나 게으른 나는 네이

버 지도에서 인왕산을 검색했다. 공간 지각 능력이 다소 아쉬운 수준이어서 일반 지도는 물론 위성 지도, 지형 지도를 띄워보고, 노트북을 이리저리 돌려가며 들여다봐도 바위의 정체를 확신할 수 없었다. 다만 산머리가 어떻게 생겼는지 알고 있었기에 적어도 그것이 아닌 건 확실하며, 각도상 사직공원에서 정상을 향하는 능선에 위치한 바위 같다고 짐작했다. 집에서 우연히 보물을 발견한 양 감정이 복받쳤다. 이렇게 말하면 한심한 인생이라고 여길지 모르나 '인생의 발견' 같은 순간이었다.

바위의 정체는 무척 고전적 방법을 통해 알아냈다. 겸재 정선이 인왕산을 그린 '인왕제색도仁王霽色圖'에서 비슷하게 생긴 바위를 찾은 후 정선이 남긴 그림 속 지형지물을 특정해놓은 사료를 통해 그것이 '범바위'라는 사실을 알았다. 옛 속담에 '인왕산 모르는 호랑이가 있나'라는 표현이 있다. 그 방면에 속하는 사람이라면 누구나 잘 알고 있는 사실임을 강조할 때 옛사람들이 관용적으로 이리 말했을 정도로 한반도에서 인왕산은 호랑이가 많기로 유명했다. 호랑이가 절멸한 오늘날에도 많은 사람이 인왕산의 '인'이 호랑이를 뜻하는 '범 인寅'이라 착각하는 것도 이 때문이다. 실제로는 '어질 인仁'에 '임금 왕王' 자를 써 '어진 임금'을 뜻한다. 바위산에서 바위 봉우리가, 그것도 호랑이가 상징인 산에서 호랑이 바위가 보인다고 생각하자 부심과 긍지가 샘처럼 솟구쳐 올랐다. 참고로 인왕산과 마주보는 남산에도 드물게 범바위가 있다.

범바위에 푹 빠져 거의 그것을 섬기는 사람처럼 찬양하며 자료를 이래저래 찾아보니 정상보다 이 봉우리에서 내려다보는 서울의 풍경이 더 멋있어 등산객들이 인왕산에서 가장 오래 머무는 명소라 했다. 겸재 정선이 그림으로 남기기도 한 한양의 명승지가 수백 년 세월을 관통해 서울 시민에게 사랑받는다. 그 불변의 명승지를 거실 소파에 앉아 감상할 수 있다는 사실에 가슴이 부풀어 올랐다. 사실 집에 새로운 손님을 들일 때마다 약간의 두려운 마음이 있었다. 여러 매체가 소개할 만큼 집이 대단히 예쁘거나 인상적이지 않다고 여길까 봐. 그래서 신발도 채 벗지 않은 손님에게 "집이 작아요", "물건만 많지, 막상 볼 건 없어요" 등의 변명을 늘어놓으며 감상을 방해하고 기대감을 부러뜨리곤 했다. 아마도 그것은 못나게 타고난 내 성정에서 기인한 행동일 터. 그런데 이제는 아니다. 거실에서 그 옛날 정선이 그리고 오늘날의 등산객이 사랑하는 범바위가 보이는데, 어찌 기가 죽겠는가. 대통령 할아버지가 와도 나는 당당하다.

언감생심 오를 생각

　범바위를 시시때때로 올려다봤다. 닳을 정도로 보고 또 봤다. 그러다 특이점을 발견했다. 밤마다 범바위에서 섬광이 번쩍번쩍 빛났다. 섬광은 크기도 하고 작기도 했으며, 때로는 움직이는 것 같았다. 미친 사람 취급받을까 봐 입 밖에 내지 않았으나 처음에는 도깨비불을 본 줄 알았다. 빛의 정체가 궁금해 한참을 집중해 들여다봤다. 어둠에 눈이 익숙해지니 그때부터 움직이는 사람의 형상 같은 게 보이기 시작했다. 그것은 해가 지고 난 후 범바위에 오른 사람들이 어두운 산길을 밝히거나 기념 촬영을 하며 터뜨리는 핸드폰 플래시 불빛이었다. 펄쩍 뛸 듯 기뻤다. 궁금증이 해소된 덕도 있지만, 거실에 앉아 범바위에 오른 등산객까지 구경할 수 있다는 사실 때문이었다. 그들이 품고 있을 성취감, 행복감, 기대감 등의 긍정적 감정들이 광속도로 날아와 내 가슴에 꽂힌 양 설렜다. 한번 인지하고 나니 사람들의 움직임이 더 잘 보였다. 특히 낮에는 더 선명하게 보였다. 부슬비가 내리는 날에는 우산을 쓴 형체가 보일 정도. 어떤 날에는 '평일 낮인데 왜 저렇게 등산객이 많지?' 의아해하며 달력을 봤다가 휴일임을 뒤늦게 확인하기도 했다.

원고가 잘 풀리지 않거나 무료할 때마다 고개를 들어 범바위와 그 위에 오른 등산객들을 관찰했다. 그 일을 반복하다 보니 언감생심 나도 오르고 싶은 생각이 들었다. 범바위 조망권을 얻기 전까지 내게 인왕산은 관상용이었다. 당시 범바위만큼 몰두해 있던 것이 박완서 선생의《그 많던 싱아는 누가 다 먹었을까》와 후속작《그 산이 정말 거기 있었을까》의 배경인 서대문구 현저동이었다. 한때 재미 삼아 앙증맞은 보냉백을 들고 고개 넘어 독립문역 인근에 있는 아이스크림 백화점을 즐겨 찾았다. 그때 아이스크림 백화점까지 난 여러 갈래 길을 혼자 개척하며, 그 과정에서 우연히 전망이 끝내주는 지점을 발견했다. 용의 허리처럼 굽이돌며 이어진 한양 도성의 성곽이 왼편으로 걸쳐지고, 정면과 우측으로는 고층 아파트가 비탈면을 따라 줄줄이 도열해 있으며, 그 너머로는 멀찌감치 남산과 남산서울타워가 똑바로 마주 보이며 그 어깨 너머의 하늘에는 밝은 달이 걸려 있었다. 액자 같은 풍경에 취해 사진을 찍어 인스타그램 스토리에 올렸더니 지인이 그 뒤편에 있는 군인 관사가 박완서 선생의 《그 많던 싱아는 누가 다 먹었을까》에 등장한 '괴불 마당 집'이 있던 자리라고 알려줬다.

그날 밤부터 《그 많던 싱아는 누가 다 먹었을까》와 후속작을 읽기 시작했고, 한동안 행정 구역상 행촌동으로 지명이 바뀐 옛 현저동을 구석구석 돌아다니며 소설에 등장한 장소들을 특정해봤다. 그러던 중 무악어린이공원 안쪽에서 인왕산 약수터로 가는 좁은 산길을 발견했다. 호기심으로 길에 들어서봤다. 메인 등산로가 아니었으므로 인적이 뜸해 힘들면 태연하게 돌아나오면 됐다. 흙과 바위를 번갈아 밟으며 오르내리다 보니 오솔길이 고래등같이 넓고 평평한 바위로 바뀌며 시야가 넓게 트였다. 거기서 잠시 숨을 고른 후 다시 오르다 보면 힘들 때쯤 누군가 기도를 올리는 듯한 기도처가 등장했다. 호기심에 이끌려 더 오르다 보면 바위에 음각한 부처상이 나타나는데, 혹시나 하여 찾아보니 제석 할머니 상이라 한다. 뉘신지…. 제석 할머니 상에서 데크로 이어진 길을 조금 걸으니 범바위로 향하는 표지판이 등장했다. 자연스럽게 그쪽으로 향했다. 데크로 이어진 길을 걷다 보니 시야가 탁 트이며 성곽길이 등장했다. 계단으로 이어진 이 길을 오르면 범바위였다. 본격 등산은 계획에 없었으므로 샌들에 랩스커트 차림이었으며, 목을 축일 거리도 없었다. 여기까지 온 게 아까워 꾸역꾸역 올랐다. 계단으로 된 메인 등산로는 지루하기 짝이 없었다. 아마 처음부터 메인 등산로를 걸었으면 진작에 포기했을 것이다.

치맛단을 감치며 범바위에 올랐다. 그야말로 장관이었다. 돌출된 바위 봉우리여서 시야를 가리는 나무가 앞에도 옆에도 없었다. 시야각이 180도가 넘는데, 그 안이 서울 도심의 다채로운 풍경으로 가득 차 있다. 잠실 롯데월드타워부터 경복궁, 남산과 서울남산타워를 거쳐 여의도 63빌딩까지 서울의 동서남북을 가늠하게 하는 랜드마크가 한눈에 들어왔다. 가히 명당이다. 왜 평일이고 주말이고 아침, 점심, 저녁 할 것 없이 사람들이 오르는지 알 것 같았다. 우리 집을 찾아봤다. 헤매다 겨우 찾았다. 제법 큰 옥인연립 단지에서 방향을 살짝 튼 1동부터 5동까지 이어지는 행렬을 발견했고, 그 속에서 가장 높은 지대에 위치한 우리 집을 발견했다. 핸드폰 카메라로 렌즈를 당기니 머리가 댕강 잘려 나간 6동 앞 느티나무는 물론, 거실 창가에 세워둔 캣타워도 보였다. 구니니가 이쪽을 보고 있을지도 모른다고 생각하니 순간 흥분이 몰려들었다. 당장 그 방향을 향해 손을 흔들고 싶었으나, 이상한 사람 취급당할까 참았다. 그 후로도 나는 한여름이 될 때까지 종종 인왕산에 올랐다. 인왕산의 품에 안긴 집에 사는 덕에 산을 알고 좋아하는 인자한 사람 흉내도 낼 수 있게 됐다.

감명 깊은 영화를 보면 한동안 영화 OST를 들으며 영화의 여운을 곱씹고, 영화의 배경으로 등장한 장소를 찾아 영화를 볼 때 품은 특별한 감정을 깨운다. 가끔은 영화에 등장한 식음료를 똑같이 맛보며 주인공의 정서를 헤아린다. 풍부한 감수성과 상상력을 안긴 영화의 감상에서 오래 머물고 싶은 건 보편적인 마음일 터. 미식에 관심이 많은 나는 영화를 보며 내가 아는 식음료를 발견했을 때 희열을 느끼고, 그것을 현실에서 찾아다니며 새로운 삶의 활력을 느낀다.

소설 다이닝이 유행할 듯 말 듯할 때였다. 옥인연립에 사람들을 부단히 초대해 먹고 논 나는 그 자리를 좀더 기획력

3부

시네밋터블

있고 완성도 높게 연출하고 싶었다. 때마침 옆에 영화 기자인
남편이 있었다. 그리하여 1부에 남편이 영화 해설을, 2부에
그 영화에 나온 식음료를 재현해 손님들과 함께 즐기며
영화 이야기를 나누는 소셜 다이닝 '시네밋터블Cinemeetable'을
구상했다.
코로나19가 기승을 부리던 2020년 봄에 시작한 시네밋터블은
자유롭게 나가 놀지 못하는 갑갑증을 해소해줬다. 나아가
그전까지는 내가 인터뷰나 취재를 위해 찾아다녀야 했던
사람들이 나를 만나러 찾아오기 시작했다. 새삼 자신이 중심이
되는 콘텐츠의 힘을 실감했다.

남편의 효용

2020년 1월 말이었다. 영화 기자인 남편이 새로 문 연 공간에 초대받아 영화 해설을 한다고 했다. 그전에도 종종 어딘가에 초대받아 영화 해설을 했지만, 한 번도 참석한 적이 없었다. 가족이 일하는 모습을 보는 게 영 불편해서였다. 긴장해 말실수하거나 머릿속이 백지가 돼 말이 나아갈 길을 잃고 더듬더듬하는 광경을 차마 볼 자신이 없었다. 꼭 가족이 아니어도 당황한 얼굴을 맞닥뜨리면 내가 더 우두망찰하는지라 언젠가부터 뮤지컬이나 연극을 보러 가는 것도 힘들어졌다. 그래서 쿨하게 남편이 그 어떤 자리에 초대받아 강연하더라도 따라나서지 않았다. 그런데 그해 연초에 초대받은 자리는 새 공간이어서인지 유독 모객이 안 되는 눈치였다. 담대한 성격의 남편은 전혀 동요하지 않았으나, 내가 외려 신경이 쓰였다. 연초라 술 마실 핑계도 필요하겠다, 오래된 판자촌을 개조했다는 복합문화공간 '중림창고'가 궁금하여 지인을 꼬드겨 남편을 따라나섰다.

달동네였던 중림동의 가파른 비탈에 자리한 중림창고는 경사면을 활용해 내부를 계단식 구조로 꾸몄다. 평소에는 계단을 자유롭게 오르내리며 계단참에 앉아 책을 읽거나 쉬고, 그날처럼 행사가 있는 날이면 화자는 계단 아래 가장 낮은 곳에 서고, 청자는 계단에 층층이 앉아 듣는 식으로 공간을 활용했다. 용기를 냈으나 막상 와 보니 어째 어색한 분위기에 민망하고 쑥스러운 감정이 혹 올라왔다. 가장 뒷줄에서도 바로 앞에 사람이 앉아 시야가 막힌 자리에 앉았다. 남편과 눈 마주치면 서로 민망할 것 같아 최대한 앞사람 등 뒤에 숨기 위해 몸을 오그렸다. 이대로 두어 시간 버티다간 담이 올 것 같았지만, 마음이 초조한 것보단 몸이 고생하는 게 나았다. 그런데 웬걸…. 우려와 경계심에 잔뜩 웅크려 있던 나는 어느새 허리를 곧추세우고 상체를 최대한 앞으로 내민 채 남편이 하는 이야기에 집중하고 있었다.

그날의 주제는 고레에다 히로카즈의 영화 세계였다. 감독이 연출한 영화는 물론 드라마, 책까지 훑느라 예정된 시간을 훌쩍 넘겨 세 시간이 넘게 진행됐다. 평소 같았으면 남편에게 이만 줄이라고 필사적으로 수신호를 보냈겠지만, 해설에 집중한 나머지 시간 가는 줄 몰랐다. 심지어 해설 말미에는 너무 몰입하여 눈물, 콧물을 왈칵 쏟았다. 물론 고레에다 히로카즈 감독의 영화가 우리의 폐부를 섬세하게 파고든 영향도 있었다. 하지만 그보다는 남편이 기승전결을 생각하며 치밀하게 짠 플롯 영향이 컸다. 다음 영화로 넘어갈 때 어떤 이야기로 물꼬를 트고, 어떤 타이밍에 어떤 영화의 특정 장면을 재생해야 자연스럽게 연결되면서 집중력을 높이고 감정을 고조시킬 수 있는지 철저하게 계산한 눈치였다. 덕분에 펑펑 울었다. 평소 내가 남편을 얼마나 신랄하게 비판하고, 사사건건 태클을 거는지 모르는 사람이라면 역시 팔은 안으로 굽는다며 시시해할지 모른다. 그날 퉁퉁부은 얼굴로 나오며 남편에게 당한 것 같은 분한 기분이 들었다면 우리 관계를 이해하는 데 도움이 될까. 더불어 그날 해설을 듣고 운 사람은 나뿐이 아니었다. 앞줄에 앉은, 남편과 내가 흠모하는 한 여배우도 나와 같은 순간에 가방을 뒤적여 휴지를 꺼내더니 해설이 끝나는 순간까지 같은 속도로 눈물을 훔쳤다.

위기가 기회라 했던가

그전부터 시네밋터블의 형태를 머릿속으로 그려왔다. 2017년 옥인연립을 고쳐 들어온 이래 우리는 부단히 사람을 초대해 술판을 벌였다. 그러다 프리랜서 선언 4년 차인 2019년에는 계산에 없던 보릿고개를 맞았다. 일이 많이 들어온다고 오만하게 골라서 받은 게 화근이었다. 통장 잔고가 반토막 났고, 예전처럼 신나게 밖에서 먹고 마시기엔 경제적 부담이 커졌다. 그렇다고 노는 일을 줄이거나 멈출 순 없었다. 신명 나게 한바탕 놀아야 세상이 환해 보인다고 하지 않는가. 밝은 눈으로 세상을 봐야 새로운 기획과 참신한 문장이 나오니 수시로 놀아줘야 했다. 궁여지책으로 사람들을 집으로 부르기 시작했다. 와인 냉장고를 5만 원 이하의 만만한 와인으로 채우고, 10만 원 선에서 장을 봤다. 나머지 부족한 부분은 노동으로 충당했다. 벌이가 줄었다는 건 그만큼 일이 줄었다는 얘기니 부엌에 매달려 있을 시간적 여유가 충분했다. 갈비가 할인하면 미리 사서 꼬박 이틀을 전처리하고 끓여 갈비찜을 안주로 냈다. 전처리 과정이 복잡한 건나물을 세 종 이상 볶거나 무치고, 묵을 쑤거나 녹두를 불리고 갈아 녹두전을 부쳤다. 연말이면 고기 두 근을 사서 라구소스를 한 솥 끓여 너부데데한 파스타 면에 올려 내거나 라자냐를 만들었다. 적은 돈으로 근사하게 놀겠다는 의지로 시작한 홈파티는 새로운 요리에 도전하는 즐거움을 동력 삼아 1년 내내 이어졌다.

집에 초대한 손님 대부분이 우리처럼 술을 좋아했으므로 집에 올 때 함께 마시고 싶은 술을 넉넉히 가져왔다. 그러면 그걸 함께 마시거나 뒀다가 다음 손님과 나눠 마시는 식으로 와인 냉장고를 채워나갔다. 보통 인당 와인 두어 병씩 마실 정도로 술자리가 깊고 길었으나, 인심 좋은 손님들 덕에 와인 냉장고가 빈 적이 없었다. 정말 희귀하거나 특별한 이야기가 깃든 술은 부러 꼭 남겨뒀다가 그 핑계로 다음 손님을 불렀다. 이런 식으로 1년간 본격적으로 집에 손님을 초대해 요리하다 보니 확실히 요리 실력이 늘고 요리에 자신감이 붙었다. 우리 집을 다녀간 손님이나 내가 그날 나눠 먹은 음식 사진을 인스타그램에 올리자 다른 지인들로부터 자기도 초대해달라는 연락이 이어졌다. 나는 사람들이 우리 집에 진심으로 오고 싶어 하고 우리와 시간을 나누고 싶어 하는 마음을 들여다보며 그냥 즐겁고 마는 자리가 아니라 조금 더 책임감을 가지고 짜임새 있는 시간을 연출해보면 어떨까, 문득 생각했다. 한창 소셜 다이닝이 유행할 듯 말 듯할 때였다. 막연하게 소셜 다이닝을 상상할 때쯤 상상을 구체화하는 결정적 계기를 맞닥뜨렸다.

지폐 한 장의 위대한 힘

　대학 동기이자 향 브랜드 '수향' 대표인 수향 언니가 집에 놀러 왔을 때였다. 언니는 나와 그다지 친하지 않은 학교 선배를 데려왔다. 언니는 희귀한 와인을 가져왔고, 그 오빠는 다우니 세탁 세제를 가져왔다. 알고 보니 그 오빠는 존재만으로 사람을 웃게 하는 유쾌한 사람이었다. 특히 짓궂게 놀리면 바로바로 반응이 와 놀리는 재미가 있는데, 실제로 타격감은 없는 유연한 성격의 소유자였다. 술을 어느 정도 마시고 거리감이 사라지자 나는 세탁 세제를 가져온 사람은 처음이라며 슬슬 놀리기 시작했다. 그 오빠는 적지 않게 당황하며 나를 잘 모르기도 하거니와 취향이 확고할 것 같아 선물 고르기 힘들었다고 부연했다. 당황하는 모습을 보자 진탕 놀리고 싶어 "나는 세제도 친환경만 쓴다"고 대꾸하자, 오빠가 지금이라도 당장 나가 취향에 맞는 선물을 사오겠다며 일어나는 시늉을 했다. 수향 언니와 남편은 이 상황이 우스워 죽겠다는 듯 박장대소했다. 나는 이 밤중에 무슨 재주로 쇼핑을 하냐며 일어나려는 오빠의 어깨를 눌러앉혔다. 그러자 배를 부둥키고 웃던 언니가 거의 울먹이는 목소리로 오빠에게 지갑을 달랬다. 그러고는 지갑에서 빳빳한 5만 원권 한 장을 꺼내 내게 건넸다. 평소 같으면 정색했겠지만, 그날만큼은 어떤 장난도 허용되는 분위기였다. 나는 언니의 장난을 센스 있게 응수하기 위해 냉큼 지폐를 낚아채 앞치마 주머니에 넣었다.

5만 원은 사실 노동의 대가로는 큰돈이 아니다. 원고료가 아무리 저렴하다 한들, 어떤 일을 완료한 대가로 달랑 5만 원을 받아본 적은 없었다. 그런데 그 밤에 받은 5만 원은 정말 값지게 다가왔다. 자다가도 앞치마 주머니에 있을 지폐를 생각하니 입가에 미소가 번졌다. 다음 날 아침 앞치마 주머니에서 5만 원권을 꺼내 두 손으로 양 끝을 팽팽하게 당긴 채 요리조리 뜯어봤다. 빳빳하게 켕긴 지폐처럼 가슴이 팽팽하게 부풀어 오르는 게 느껴졌다. 본업이 아닌 일로, 그것도 미천한 재주를 부려 돈을 벌다니 이보다 짜릿할 순 없었다. 우연히 알게 된 이 즐거움을 필연으로 만들고 싶어졌다. 부업의 즐거움에 눈뜬 나는 소셜 다이닝을 운영하며 '부캐'로 살아보는 상상을 더욱 구체적으로 그리기 시작했다. 그렇다고 어디 공간을 빌려 거창하게 시작할 자신은 없었다. 그렇다면 집에서 해야 할 텐데, 어느 날부터 덩달아 회사를 그만두고 집에서 일하는 남편더러 잠시 나가 있으라고 할 수도 없었다. 또, 자기 없을 때 모르는 사람이 집에 들락날락한다면 퍽이나 좋아할까 싶었다. 어떻게 해서든 남편을 계획에 끌어들여야 했다. 그때 시네밋터블의 구성과 형식을 생각해냈다. 집이 작아 초대해봤자 네댓 명이 전부겠지만, 혼자서 유의미한 시간을 완성하리라는 확신이 없기도 했다. 영화 기자인 남편이 영화 해설을 하고, 영화에 등장한 식음료를 요리해 함께 먹고 마신다면 꽤 완성도 있는 콘텐츠이자 플랫폼이 되리라 확신했다. 막상 행사가 닥쳐 잘할 자신을 잃더라도 남편에게 슬쩍 묻어가면 될 일이었다. 여담이지만 알고 보니 당시 남편도 같은 생각을 품고 있었다고 한다. 손님들 불러놓고 서로 멀뚱히 바라만 보는 불상사가 생기지 않아 정말 다행이다, 싶다.

영화를 보고 잠시 주인공이 되어보는 상상은 비단 나만의 일이 아니다. 누구나 한 번쯤 영화 속 주인공처럼 살아보고 싶다고 생각한다. 우리가 문화 예술을 사랑하는 이유 또한 간접적으로나마 다른 삶을 체험하고 상상할 수 있게끔 우리의 감각과 감성을 자극하기 때문이다. 그리하여 사람들은 감명 깊은 영화를 보고 나면 OST를 들으며 여운을 곱씹고, 영화의 배경으로 등장한 장소를 찾아 영화를 볼 때 품었던 특별한 감정을 깨우고 싶어 한다. 가끔은 영화에 등장한 식음료를 똑같이 즐기며 주인공의 정서를 헤아리려 한다. 나는 페드로 알모도바르Pedro Almodovar가 감독하고 페넬로페 크루즈Penelope Cruz가 주연한 2006년 개봉작 〈귀향〉을 보고 파에야가 너무 먹고 싶어 한동안 대학로와 홍대를 전전했다. 당시만 하더라도 서울 시내에서 파에야를 먹을 수 있는 스페인 음식점은 매우 귀했다. 〈카모메 식당〉을 보고 나서는 시나몬롤과 오니기리라는 기이한 조합의 음식을 찾아다녔다. 〈라따뚜이〉를 보고는 라타투이가 궁금해서 한 프렌치 비스트로를 찾았다가 아르바이트로 홀 서빙하는 옛 남자친구와 어색하게 조우한 적도 있었다. 2014년 개봉

한 프랑스 영화 〈마담 프루스트의 비밀정원〉을 보곤 세상을 향한 마음의 문을 닫은 주인공이 유일하게 집착하는 슈케트라는 낯선 프랑스 간식이 궁금해 그걸 파는 빵집을 찾아 여기저기 들쑤시고 다녔다. 어렵게 발견한 슈케트는 별 맛이 없어 실망스러웠지만, 겉은 바삭하나 속은 텅 빈 슈케트가 주인공의 심리를 대변한다는 누군가의 해설을 읽고 슈케트는 물론 그 영화까지 특별하게 느꼈더랬다. 감명 깊게 본 영화와 가까워지고 연결되기 바라는 마음을 헤아리고 채워주는 동시에 스치듯 비치는 식음료에 숨은 함의를 일깨우는 프로그램이라면 환영받으리라고 낙관했다.

작명의 신

　남편에게 언제 처음으로 포부를 밝혔는지 기억이 가물가물하다. 어쩌면 남편의 영화 해설을 들은 밤 술자리에서 밝혔거나, 혹은 다음 날 술 깨고 또렷한 정신에 말했을지도 모르겠다. 사고 체계가 완전히 다른 우리는 술 마시고 놀 궁리를 할 때 외에는 같은 사건을 바라보는 시각부터 해석하고 대처하는 방법까지 정반대여서 합일점을 찾는 게 영 어렵다. MBTI를 맞춰보더라도 알파벳 한 자 겹치지 않는다. 무조건 한바탕 싸워야 그나마 각자 의견을 좁힐 마음이라도 생길까 말까 한다. 이번에도 당연히 남편이 엉뚱한 소리 하지 말라며 내 의견에 어깃장을 놓을 줄 알았다. 그런데 의외로 남편이 순순히 호응하고 수긍했다. 물론 '영화 해설을 하고 영화 속 식음료를 재현해 함께 나누는 소셜 다이닝을 만들자'는 대명제에만 합의했을 뿐, 생각에 살을 붙이며 몸집을 키워나가기 시작하면서부터는 사사건건 부딪쳤다. 사방에 보이지 않는 싸움의 불씨가 도사리는 듯했다. 그 불씨는 어찌나 효율이 좋은지 작은 입김에도 활활 타올랐다.

그래도 성과가 아예 없진 않았다. 이름도 지었다. 시네밋터블Cinemeetable이라는 그럴싸한 이름은 남편의 머릿속에서 나왔다. '영화Cinema와 미식Table이 만나다Meet'라는 프로그램의 본질을 정확히 꿰뚫는 이름인 동시에 'able'로 단어를 끝내 무엇이든 될 수 있는 가능성을 열어뒀다. 연관성이 높으면서도 무척 있어 보이는 이름이라 생각했다. 여담이지만, 남편은 작명 하나는 정말 잘한다. '주시프레시Joocy-fresh'라는 내 사업자명도 남편이 30만 원 받고 지어줬다. 부부 사이라도 역시 공짜란 없다. 이름 석 자 중에 내가 가장 즐겨 쓰는 'Joo'를 활용하되, 롯데 껌 '쥬시후레쉬'의 이름을 빌려와 지은 것. 거기에 내 방식대로 '과즙이 줄줄 흐르고Juicy 신선한Fresh 기획과 콘텐츠를 제공한다'는 의미를 덧씌우니 마음에 쏙 들었다.

〈기생충〉의 영예를 등에 업고

시기적절하게 봉준호 감독의 영화 〈기생충〉이 전 세계 영화제를 휩쓸고 다녔다. 대망의 아카데미상 수상만을 남겨두고 있었다. 우리는 시류에 편승해 첫 영화로 〈기생충〉을 선정했다. 제92회 아카데미 시상식을 기다리며 남편은 〈기생충〉과 관련한 온갖 기념품을 그러모으고, 나는 채끝 스테이크를 굽고 짜파구리를 끓였다. 그해 아카데미 시상식에서 〈기생충〉은 작품상·감독상·각본상·국제영화상 총 네 개 부문을 석권하며 '최다 수상작'이라는 위대한 업적을 남겼다. 우리는 누구보다 기뻐하며 기념품과 채끝 짜파구리를 요리조리 놓고 사진을 찍고, 촬영하느라 뚜껑을 딴 필라이트로 건배를 했다. 그리고 기세를 몰아 첫 회차 모집 공고를 올렸다. 아카데미 시상식을 보고 한껏 고조된 흥분감이 우리 둘 사이에서 서서히 가라앉고 흩어지자 아무런 반응이 없으면 어쩌나, 두렵고 걱정스러운 마음이 우르르 밀려왔다. 상을 받은 주체가 봉준호 감독과 〈기생충〉 팀이지, 우리가 아니라는 현실 자각 시간이 찾아왔다. 남편이 먼저 초조한 기색을 드러냈다. 부정적인 마음은 나눌수록 눈덩이처럼 불어나는 법. 나는 대범한 척 "아무도 안 오면 안 하고 좋지, 뭐"라며 너스레를 떨었다. 하지만 속으론 남편보다 더 초조해했다.

다행히 반응이 빨리 왔다. 당시 다른 사람의 집에서 그 사람과 취향을 공유하는 서비스가 존재한 만큼 아예 낯선 개념은 아니었다. 동시에 영화와 미식, 집을 결합한 프로그램은 없었으므로 나름의 독자성도 갖췄다. 구옥을 고쳐 사는 사례로 매체에 소개된 덕도 알게 모르게 봤으리라. 하지만 무엇보다 지난 1년간 바지런히 집에 사람들을 초대해 놀고, 그걸 인스타그램에 기록한 덕이 컸다. 목적성을 띠고 한 행위는 아니었지만 유의미한 결과로 이어지는 걸 보며, 역시나 무엇이든 안 하는 것보단 하는 게 낫고, 할 거면 꾸준히 하는 게 길이 된다는 생각이 들었다. 아이러니하지만 코로나19 덕도 봤다. 2020년 봄, 국경 밖의 소란인 줄만 알았던 코로나19가 국내에도 마수를 뻗치며 우리 일상 이곳저곳을 마비시키기 시작했다. 강제적이든, 자발적이든 예전처럼 자유롭게 문화생활을 영위할 수 없게 되자, 사람들은 우리 부부를 포함해 최대 여섯 명이 모이는 시네밋터블을 비교적 안전하다 여겼다. 여기저기 옮겨 다니지 않고 한자리에서 문화적 소양을 쌓고 술을 곁들여 미식을 즐길 수 있다는 점도 이점으로 작용했다. 우리는 빠르게 예약이 마감되는 걸 지켜보며 여세를 몰아 다른 회차를 거듭 오픈했다.

사실 시네밋터블도
놀 핑계

한편, 내 입장에서는 일거리를 전년보다 어느 정도 회복했지만, 이번에는 코로나19로 인해 마음껏 나가놀지 못하는 신세가 됐다. 그 갑갑한 마음을 시네밋터블로 홀홀 털어냈다. 놀기 좋아하는 성정이 어디 가겠는가. 시네밋터블을 핑계 삼아 미련 없이 놀기 시작했다. 처음 시네밋터블을 시작했을 때 우리가 얼마나 가치 있는 서비스를 제공할 수 있을지 확신하지 못했다. 또, 첫 프로그램인 〈기생충〉은 영화를 보고 상상할 수 있는 음식이 채끝 짜파구리 수준이었기에 큰 금액을 받기 부담스러웠다. 고심 끝에 참가비를 6만 원으로 책정했다. 지금 생각하니 정말 놀라운 숫자다. 6만

원에 전문가의 밀도 높은 영화 해설과 교자, 동죽 조개탕을 곁들인 채끝 짜파구리, 필라이트 맥주를 제공했다. 그런데 마음껏 나가 놀지 못해 좀이 쑤시는 와중에 영화 혹은 미식이라는 공통 관심사를 가진 사람들을 만나니 그 반가움을 주체할 수 없었다. 집에 있는 와인이며, 위스키며, 죄다 꺼내 함께 비웠다. 손님들이 부담스러워할까 봐 솔선수범하는 마음으로 우리가 더 열심히 마셨다. 마켓컬리나 헬로네이처 등의 새벽 배송 서비스에서 낯선 식재료가 보이면 사뒀다가 안주로 짠 하고 냈다. 어떨 때는 자리가 새벽까지 이어지기도 했다. 당연히 수익적인 측면에서는 적자일 때가 많았다. 그래도 나가서 쓰는 돈을 감안하면 이득이라 여겼다. 또, 술은 마시는 즐거움만큼 사는 즐거움이 커 시네밋터블로 번 돈으로 새로운 술을 살 수 있다는 점이 매력적이기도 했다.

지난 십수 년간 잡지 기자로 일하며 많은 사람을 만났다. 매달 공식적인 취재나 인터뷰로 만나는 사람이 있는가 하면, 참석해야 할 행사와 출장이 잦았으며 업계 안팎의 술자리가 잇따랐다. 언젠가부터는 새로운 사람을 만나는 게 더 이상 설레지 않고, 염증을 느낄 때도 있었다. 그러다 프리랜

서가 되고 활동 반경이 축소되며 자연스레 새로운 사람을
만날 기회가 대폭 줄어들었다. 이보다 평온하고 좋을 수 없
었다. 그런데 어느 정도 시간이 흐르자 새로운 사람을 만나
신선한 자극을 받던 때가 슬슬 그리워졌다. 사람 마음 참 같
대다. 마음 한구석에 옹그리고 있던 아쉬움이 시네밋터블
을 시작하며 채워지기 시작했다. 그전까지 내가 찾아가야
만날 수 있던 사람들이 나를 찾아오기 시작했다. 손님들의
직업군도 다종다양했다. 주방에 앉아 국회 이야기, 방송국
이야기, 클래식 음악계 이야기, 광고계 이야기, 의료계 이
야기, 법조계 이야기를 듣고 있으니 좁혀졌던 세상이 한 뼘
넓어지는 듯했다. 테이블에 둘러앉아 도란도란 이야기하
는 그들을 보며 새로운 이야기를 수집하기 위해 보부상처
럼 사람들을 찾아다니던 과거를 떠올렸다. 새삼 자기 자신
이 주체가 되는 콘텐츠의 힘이 실감났다. 단순한 재미와 자
기만족을 생각하며 시작한 시네밋터블을 통해 자기 계발이
이뤄진다는 점이 인상 깊었다.

봄의 간판 프로그램

4월 초 〈기생충〉을 마무리 짓고 다음 영화로 〈벌새〉를 선정했다. 김보라 감독의 첫 장편 작품인 〈벌새〉는 〈기생충〉과 더불어 2019년 남편이 가장 감명 깊게 본 한국 영화 중 하나였다. 남편의 권유로 영화를 뒤늦게 본 나도 한동안 영화의 여운에 사로잡혀 지냈다. 다행히 영화에 식음료가 꽤 인상 깊게 등장하는 장면들이 있었다. 〈벌새〉의 주인공 '은희'는 아파트 상가 지하에 위치한 떡집의 둘째 딸이다. 중고등학교에 다니는 어린 세 남매가 부모님을 도와 떡집에서 묵묵히 일하는 장면이 영화 초반부터 등장한다. 은희가 여태껏 만난, 미래 세대에 강압적이거나 폭력적인 자세를 취하거나 무관심한 뭇 어른들과 달리 '영지 선생님'은 은희에게 눈을 맞추고 귀 기울이며 하나의 인격체로 존중한다. 그런 영지 선생님에게 은희는 떡을 선물하며 마음을 전하고, 영지 선생님은 은희에게 우롱차를 내려주며 상처 입은 마음을 위무한다.

영화에서 가장 인상 깊은 먹방 신은 은희가 폭력에 가까운 선생의 언사와 외도가 의심스러운 아빠의 수상적은 행동을 연이어 겪고 허망한 마음으로 감자전을 허겁지겁 먹는 장면이다. 가게와 가정에 충실한 은희의 엄마가 가게가 한가할 때 잠시 들러 산더미처럼 부쳐놓은 감자전을 은희는 근원적으로 해소되지 않는 헛헛한 마음을 채우려는 듯 손으로 뜯어 허겁지겁 입에 욱여넣는다. 은희가 감자전을 먹는 장면은 영화 말미에 한 번 더 등장한다. 영지 선생님의 부재를 알고 슬픔에 잠긴 은희는 엄마에게 죽은 외삼촌이 보고 싶냐고 묻는다. 누군가가 처음으로 자신의 마음에 관심을 기울이자, 영화 내내 초점 없던 엄마의 눈동자가 비로소 제빛을 찾는다. 딸의 질문 한마디에 생기를 되찾은 엄마는 애정 어린 시선으로 감자전 먹는 은희를 지그시 바라본다. 은희는 이번에도 전을 손으로 뜯어 먹지만, 훨씬 더 천

천히 꼭꼭 씹어 삼킨다. 영화 전반에 다섯 번에 걸쳐 등장하는, 가족들이 모두 둘러앉아 식사하는 장면은 주인공 간의 관계와 개인의 심리 상태가 어떻게 변화하는지 보여주는 중요한 장치다. 나는 〈벌새〉 프로그램을 기획하며 무조건 가정식을 내기로 결심했다. 물론 은희가 즐겨 먹은 감자전을 포함하여.

봄이 허락한 퍼포먼스

마침 시장 좌판마다 파릇파릇한 봄나물이 수북하게 쌓이는, 완연한 봄을 맞았다. 그해 봄, 엄마와 나는 쿵짝이 잘 맞았다. 엄마는 시장에서 봄나물을 사서 내게 보내는 일에 한창 재미를 붙였고, 매주 두 번 이상 손님상을 차려야 했던 나는 그 어느 때보다 엄마의 보따리를 반겼다. 특히 서울에서 구하기 힘든, 내가 가장 좋아하는 봄나물인 엄나무순이 가장 반가웠다. 나는 주말까지 엄나무순의 향을 잘 붙들기 위해 겹겹이 싸서 냉장고 가장 깊은 곳에 묻어뒀다가 주말이면 그것으로 향긋한 솥밥을 지었다. 엄나무순이 넉넉한 날에는 여린 대를 올려 장떡을 부쳐 반찬으로 내기도 했다.

엄나무순이 바닥난 날에는 냉이를 다듬어 솥밥을 지었다. 운 좋게 여전히 잎이 여린 애쑥을 구하면 쑥된장국을 끓였다. 돌이켜보면 〈벌새〉 때 나도, 손님들도 만족감이 가장 높았던 듯싶다. 집밥은 내가 가장 자신 있는 분야며, 시네밋터블로 우리 집을 찾는 손님 중 대부분이 가족과 외떨어져 있거나 가족과 함께하더라도 계절감이 느껴지는 절기식을 일상에서 잘 접하지 못하는 듯했다. 엄나무순 올린 솥밥을 불에서 내려 식탁으로 옮긴 후 뚜껑을 열어 그 안에 갇힌 김과 함께 향긋한 봄의 향취가 피어오르게 할 때마다 손님들은 짧은 탄성을 내질렀다. 마음을 달뜨게 하는 그 소리를 듣고 싶어 매주 주말이 기다려질 정도였다.

시네밋터블을 하며 봄이면 집에 찾아오는 손님들에게 보여주는 나만의 퍼포먼스가 생겼다. 부엌 창문에 맞닿아 있는 두충나무의 잎을 따 반으로 갈라 거미줄처럼 늘어지는 섬유질을 보여주고, 냄새를 맡게 하는 행위였다. 그리고 두충나무에 관한 아주 흥미로운 설을 푼다. 중국에서 기원한 두충나무의 어린잎은 녹차나무가 중국 전역으로 퍼져나가기 전, 차를 우리는 데 사용했단 설이다. 중국은 예부터 수질이 나빠 건강을 위해 물을 꼭 끓여 마셨으며, 물을 끓여도 해결되지 않는 불순물과 냄새를 감추기 위해 무언가를 넣어 침용했다. 중국 차의 원조라 할 수 있는 두충잎차는 마치 설탕을 넣은 양 맛이 감미로운 것이 특징이라 한다. 이 글을 쓰며 나는 왜 여태껏 이른 봄, 새끼손톱처럼 작게 돋아난 두충의 어린잎을 덖어 차를 우려낼 생각을 하지 않았는지 후회가 깃든다. 녹차가 대중화되며 더 이상 두충나무 잎을 덖어 차를 우리진 않지만, 나무껍질에 여러 약용 효과가 있다 하여 그걸 말려 차를 우리거나 한방 약재로 활용한다. 사실 나는 이 집에 오기 전까지 두충이라는 이름의 나무가 존재하는지도 몰랐다. 이사 온 후에도 부엌 창문에 닿을 듯 말 듯 가까운 나무 두 그루에 크게 관심을 쏟지 않았다. 그저 행인으로부터 우리 집을 적당히 가려주고, 테이블에 싱그러운 초록 그늘을 드리워주는 고마운 존재 정도로 여겼다.

그런데 창을 통해 뜻밖의 광경을 거듭 목격하며 두충나무에 관심을 갖기 시작했다. 경복궁 서쪽에 위치한 서촌은 조선시대부터 근현대사를 거쳐 현재까지 흥미로운 이야기가 중첩된 동네다. 말밑천이 많다 보니 일정 금액을 받고 사람들을 모아 동네 한 바퀴 함께 돌며 곳곳에 깃들어 있는 무형의 이야기를 소개하는 가이드 투어가 성행했다. 이때 그

주요 행선지 중 한 곳이 인왕산 치마바위가 한눈에 올려다 보이는 우리 집 부엌 뒤편이었다. 부엌 뒤편에서 가이드의 손짓에 따라 한 무리의 사람들이 인왕산 치마바위로 추정되는 어딘가를 응시하는 것까진 이해가 됐다. 그런데 가이드는 꼭 부엌 뒤편에 있는 나무의 잎을 뜯어 그걸 반절로 갈라 사람들에게 보이며 한참을 얘기했다. 나는 그 나무의 정체가 슬슬 궁금했다. 그리하여 건물에 가장 오래 산 1층 할머니에게 조르르 달려가 나무에 관해 물었다. 그때 처음 두충이라는 이름을 접했다. 두충나무 두 그루는 앞서 부연했듯 1층 할머니가 1979년에 이사 들어오며 심은 나무였다. 40년이 훌쩍 지난 지금, 두충나무는 3층 연립 건물보다 높이 자랐다. 나무를 심은 할머니는 그루터기만 보는데, 우리는 잎이 창창한 나뭇갓을 보고 있으니 어쩐지 송구한 마음이 든다.

시네밋터블을 찾은
각양각색의 마음

"어떻게 오셨어요?" 함께하는 시간이 쌓여 친밀감이 형성되면 꼭 손님들에게 시네밋터블을 찾은 동기를 물었다. 영화와 미식 두루두루 좋아하는 가운데 둘 중 하나에 특별한 관심을 가지고 찾는 경우가 많았다. 그외 우리가 생각하지 못한 흥미로운 계기도 있었다. 〈기생충〉 혹은 〈벌새〉 혹은 〈아가씨〉가 작품성 높은 작품이라며 다들 극찬하는데, 자신은 그 점이 잘 이해되지 않아 해설을 듣고 판단하고 싶은 마음에 찾아왔다는 경우가 더러 있었다. 해설을 듣고 생각이 바뀌었느냐고 물으면 대체로 긍정적으로 답했다. 무엇보다 이렇게 오랜 시간 이야기할 수 있는 영화라는 점이 좋은 작품임을 방증하는 것 같다고 부연해 다 함께 한바탕 웃기도 했다. 참고로 남편은 영화 해설하는 데 최소 한 시간 30분을 할애한다. 집에서 진행할 때면 길게는 세 시간 넘게도 했다. 남의 거실 바닥에 앉아 세 시간가량 남편의 이야기를 경청하는 손님들에게 나는 존경을 넘어 경외심이 들었다. 이의를 제기하거나 불편을 호소할 법도 한데, 그런 사람이 한 명도 없었다. 1부가 유난히 긴 날엔 2부에 참석하기 위해 부엌을 찾은 손님들에게 진심을 다해 손뼉을 쳤다. 그런 날은 손님들이 내가 차린 음식을 더 맛있게 먹었다. 추가 안주나 디저트를 내며 조심스레 1부가 힘들지 않았냐고 물으면 열에 아홉은 지겹거나 앉은 자리가 불편했다기보다 주방에서 나는 맛있는 냄새를 맡으며 몇 시간씩 허기를 참아야 한다는 점이 힘들었다고 답했다. 그때마다 남편은 사실 자기가 시장함을 담당하고 있다며 너스레를 떨었다.

또, 우리처럼 구옥을 고쳐 살고 싶어 집을 직접 보고 장단점을 듣고자 찾아온 손님도 있었다. 막 결혼한 신혼부부였던 그들은 구니니 덕에 구옥의 매력에 덤으로 반려묘의 매력까지 알았다며, 구옥을 고쳐 고양이를 들이겠다고 선언했는데, 어찌 꿈은 이뤘나 궁금하다. 우리처럼 개인 공간

에서 소셜 다이닝 등의 모임을 운영하고 싶은 마음에 참관
차 온 손님도 있었다. 우리는 그럴 때마다 시네밋터블을 처
음 시작했을 때 우리가 얼마나 어설프고 좌충우돌, 우왕좌
왕했는지 솔직히 털어놓으며 용기를 가지고 도전하기를 적
극 권했다. 지금도 어설프지만, 최고조로 어설펐던 시절에
왔던 손님 중 여전히 오는 분들이 있는 걸 보면 프로 같은
면모보다는 친근한 태도에 더 편안함을 느끼는 것 같다며
용기를 담뿍 안겨줬다. 후자와 같은 고민을 가지고 온 손님
중 우리처럼 꾸준히 모임을 이어가는 분도 있다. '함바데리
카', '잇어빌리티' 등의 소셜 다이닝을 운영하는 작가 에리
카닭이다. 이 멋진 여성은 자신이 기거하는 작은 원룸에 여
성 직업인들을 초대해 손수 지은 밥을 대접하며 서로 위무
한 경험을 토대로 인터뷰집《언니, 밥 먹고 가》를 출간하기
도 했다. 시네밋터블을 찾은 손님의 면면을 떠올릴 때마다
시나브로 미소가 번진다. 그만큼 다정하고 좋은 사람들이
었다. 그들 중 많은 수가 수시로 안부를 묻고 시답잖은 농담
을 주고받을 만큼 친밀한 사이로 발전하기도 했다.

　떠올리면 마음이 몽글몽글해지는 특별한 손님도 있었다.
〈원스 어폰 어 타임 인 할리우드〉를 테마로 할 때였다. 시네

밋터블을 주로 찾는 연령층보다 나이가 조금 지긋해 보이는 여성분이 찾아왔다. 어떤 분일지, 어떻게 알고 찾아왔을지 궁금증이 깊어졌다. 영화 해설이 끝나고 부엌으로 안내하는데, 그분이 밀폐 용기를 건넸다. 연두색 과카몰리가 그득했다. 간혹 함께 마실 술이나 디저트를 챙겨오는 경우는 있어도, 직접 요리한 걸 가져오는 경우는 드물었기에 더 반가웠다. 메인 음식인 햄버거와 맥앤치즈를 나눠 먹은 후 안주로 제공하는 나초그랑데에 과카몰리를 곁들여 내며 이곳까지 걸음 하게 된 계기를 조심스레 물었다. 그분은 젊을 때 배우였다고 고백했다. 결혼하고 육아하느라 꿈을 잊고 바삐 살다 아이들이 장성해 곁을 떠나고 나니 영화가 더욱 그리워졌다 했다. 누군가와 영화 이야기만 나눠도 휘영한 마음을 채울 수 있을 것 같았으나 주변에 그럴 만한 동료가 더는 없어 속상해하던 찰나 시네밋터블을 발견하고 신청했다고. 깊이 있는 영화 해설을 듣고 이렇게 영화를 좋아하는 사람들과 둘러앉아 작품을 되짚으니 젊을 때 생각이 난다며 행복감을 여실히 드러냈다. 눈을 반짝이며 전하는 진심에 그 자리에 앉은 모두가 행복감에 전염됐다. 그때를 떠올리면 지금도 온몸에 감동의 전율이 흐른다.

그해 우리는 시네밋터블을 52회 진행했다. 가을로 접어 들면서 노들섬에 위치한 공유 주방에 초대받아 그곳에서 규모를 키워 다섯 번 진행했으니 집에서는 47회를 진행한 셈이다. 돌이켜 생각하니 어떻게 그렇게 많이 할 수 있었을까 놀라울 따름이다. 적게는 두 번에서, 많게는 대여섯 번씩 온 손님들을 감안하더라도 150여 명의 손님들이 집에 다녀간 셈. 150여 명의 사람들 기억 속에 우리 집은 조금씩 다른 형태와 느낌으로 남아 있을 것이다. 그렇게 생각하니 내 눈앞의 작고 유한한 공간이 무한하게 느껴지는 것 같다. 시네밋터블을 시작할 무렵, 나는 이사 가고 싶은 마음이 강했다. 집이 지겨워서라기보다 낡은 집을 고쳐 새로운 공간으로 만드는 공사에 중독돼 있었다. 제 가치가 발견되지 않은 구옥을 찾아 고치고 싶은 욕망에 눈에 불을 켜고 방치된 구옥을 찾아다녔다. 충동을 억누르지 못해 둥둥 떠다닐 때 나를 끌어 앉힌 것이 시네밋터블이었다. 시네밋터블로 우리 집을 찾은 손님들은 매번 집이 예쁘다고 칭찬했다. 애정을 담은 다정한 말에 집이 새롭게 보이기 시작하며 허상을 좇는 듯한 충동이 누그러졌다. 덕분에 이사 가지 않고 버텨 범바위 뷰까지 얻었으니 그야말로 다행스러운 일이다.

메뉴 짜는 즐거움
혹은 고단함

메뉴를 짜며 가장 고민이 깊었던 영화는 박찬욱 감독의 영화 〈아가씨〉였다. 〈아가씨〉에서 기억에 남는 밥상 장면이 있는가. 영화를 유심히 본 사람이라면 아마 숙희가 히데코 대신 정신병원에 들어갔을 때 먹은 주먹밥을 떠올릴 것이다. 바퀴벌레가 든 주먹밥 말이다. 시련이 따로 없었다. 그래도 마음의 문을 열고 영화를 찬찬히 다시 뜯어보니 음식에 관한 힌트가 아예 없진 않았다. 우선 숙희가 히데코를 씻기며 먹여주는 사탕. 이 메뉴는 영화 소품을 만들어준 수제 사탕 공방을 직접 찾아 같은 것을 주문했다. 또, 숙희가 소기의 목적대로 히데코와 백작을 연결해주기 위해 산책을 나왔다가 히데코를 잠시 혼자 정원에 두고 버섯을 따러 가는 장면이 나온다. 이때 숙희는 히데코에게 저녁으로 좋아하는 버섯전골을 해주겠다고 약속한다. 처음에는 메인 요리로 버섯전골을 생각했다. 하지만 우리가 〈아가씨〉를 진행할 때는 계절이 막 봄을 지나 여름을 맞이한 때였다. 아무리 에어컨 바람 아래서 식사하더라도 전골은 부담스러운 메뉴였다. 이때 계절에 딱 어울리는 메뉴 하나가 등장했다. 평양냉면이었다. 영화에서 히데코의 이모부이자 후견인인 코우즈키는 조선인이면서 일본인인 척하다 못해 자신이 유럽을 동경하는 일본인이라고 거짓말에 허황된 살까지 붙여 오만 가식을 떤다. 그런데 백만장자라는 백작이 나타나자 코우즈키가 대접하는 요리가 일식도, 서양식도 아닌 평양냉면이었다.

이 장면은 제아무리 돈과 권세를 앞세워 거짓 행세를 해도 결국 감출 수 없는 것이 타고난 신분이며 식성이라는 사실을 은연중에 보여준다. 코우즈키와 백작, 히데코가 함께 둘러앉아 식사하는 유일한 순간, 관객 대부분은 그들이 무엇을 먹었는지 기억하지 못할 정도로 냉면은 크게 부각되지 않았다. 하지만 음식을 통해 인물의 본성을 꿰뚫는다는 점에서 구미가 당겼다. 홈메이드 냉면이라면 사람들이 궁금해할 법도 했다. 그래서 호기롭게 평양냉면을 메인 음식으로 정하고, 숙희가 버섯을 따러 가는 장면과 주먹밥에서 바퀴벌레가 나오는 장면을 접목해 버섯을 넣은 주먹밥을 사이드 메뉴로 구상했다. 집에서 평양냉면을 만드는 건 수고로웠지만 동시에 재미있었다. 《KTX 매거진》 편집부에 있을 때 어렵게 어렵게 우래옥, 평양면옥, 을지면옥 등 굵직한 노포를 섭외해 장문의 냉면 기사를 완성한 적이 있었다. 그때 평양에서 유년을 보낸 나이 지긋한 주인장들 모두 육수에 김칫국을 섞은 메밀국수 얘기를 꺼내며 입맛을 다셨다. 원래는 육수에 김칫국을 섞어야 하지만, 서울은 평양만큼 춥지 않아 김치를 담가도 쨍하게 시원한 맛이 오래가지 않아 육수만 내는 쪽으로 발전했다고 했다.

잘 알려지지 않은 사실이었다. 나는 나만 독점한 이야기를 풀 때 음식의 가치가 더 높아진다고 여기기에 동치미 국물과 고기 육수를 반반 섞는 쪽으로 레시피를 개발했다. 고기는 내가 가장 좋아하는 을지면옥 스타일로 돼지고기와 소고기를 반반 섞었다. 동치미 국물이 곰삭지 않고 쨍한 맛을 유지하도록 매주 김치를 담갔다. 사실 매주 김치를 담근

데에는 생각보다 김칫국물이 많이 필요한 이유도 있었다. 냉장고가 작은 데다 고른 맛을 내는 게 중요했으므로 작은 김치통에 씨국물을 남겨가며 매주 김치를 담갔다. 동치미 국물이 가장 깔끔하고 시원할 때 꺼내 감초, 고추씨 등을 넣고 끓인 육수와 반반 섞었다. 슴슴한 맛의 경계 안에 구수하고 시원하고 살짝 새콤하고 매콤한 맛이 적절히 잘 녹아 있었다. 내가 했지만, 떠올리면 입 안에 군침이 괼 정도로 그럴싸한 맛이었다. 김종관 감독님을 모시고 시네밋터블을 진행한 적도 있다. 그땐 감독님 필모그래피 전반에서 도저히 음식과 관련한 힌트를 찾을 수 없어 아예 메뉴를 개발했다. 감독님 영화 전반에 흐르는 쓸쓸한 서정을 접시에 연출하기 위해 김 파스타를 만들었다. 김을 구워 잘게 찢어 마늘, 페페론치노와 함께 올리브오일에 볶고 끓여 소스를 만들어 면에 끼얹었다. 익숙한 듯 낯선 풍미에 손님들은 물론 감독님도 흥미를 가지고 맛있게 먹었다.

'부캐'가 '본캐'에 미치는 긍정성

시네밋터블은 본업에도 영향을 미쳤다. 물론 긍정적 방향으로. 시네밋터블에 참석한 적 있는 한 매체 편집장이 시네밋터블과 같은 콘셉트로 칼럼을 연재해줄 것을 제안했다. 영화 혹은 드라마, 때로는 예능에 나오는 식음료를 소개하고, 그 속에 담긴 함의를 추적하고 톺아보는 칼럼이었다. 프리랜서에게 연재 소식만큼 반가운 게 있을까. 심지어 격주간지여서 연재 횟수도 잦았다. 2주 간격으로 새로운 기사를 뱉어야 했으므로 늘 식음료가 부각되거나 흥미롭게 등장하는 새로운 콘텐츠가 있는지 대중 매체에 안테나를 세우고 있어야 했다. 대중 매체에 지속적인 관심을 기울이다 보면 장기적으로 시네밋터블을 기획하고 구성하는 데 필요한 감각 또한 무르익을 것 같았다. 이보다 좋은 기회가 없었다. 그리하여 1년 넘게, 그 잡지가 폐간될 때까지 연재했다. 시네밋터블에 참석한 또 다른 손님의 제안으로 LG전자의 앱 'LG ThinQ', 현대백화점 앱 'H.Point', 뉴스레터 '메티즌'에도 대중 매체에 등장한 식음료에 관한 칼럼을 정기적으로 기고하고 있다. 서로 겹치지 않는 매체더라도 같은 주제의 글을 제공할 순 없으니 1여 년간 같은 기획으로 마흔 개에 달하는 기사를 썼다. 덕분에 대중 매체 속 식음료에 관한 한 제법 아는 체할 수 있을 만큼의 정보와 배경지식을 차곡차곡 쌓았다.

시네밋터블 인스타그램에 모집 공고를 게재하며 올린 음식 사진을 통해 요리 실력과 연출 실력을 어느 정도 인정받은 것일까. 매체에서 예전에는 글만 의뢰했다면, 이제는 원고의 주제에 부합하는 음식을 직접 요리하고 연출해 촬영한 사진까지 제공하기를 제안한다. 이는 아무래도 매체의 플랫폼이 오프라인에서 온라인으로 옮겨가며 예전처럼 사진의 퀄리티가 중요하지 않아진 까닭도 있다. 만약 이러한 추세 속에 내가 요리 실력이나 연출 실력을 어느 정도 갖추고 있다는 사실이 밖에 알려지지 않았다면, 그 새로운 차원의 일은 내게 오지 않았으리라. 그런 면에서 시네밋터블은 본업에 또 한 번 긍정적 영향을 미쳤다. 사실 원고를 마감하며 주제에 맞는 요리를 조리해 연출하고 사진 촬영하는 것이 마냥 쉽지만은 않다. 하지만 새로운 요리에 도전하는 일은 여전히 즐겁고, 온전히 내 손으로 완성한 콘텐츠가 유명 플랫폼에 올라와 있는 모습을 보면 확실히 기사만 제공할 때보다 곱절로 뿌듯하다. 기사에 필요한 요리를 하고 연출해 촬영하다 보니 시네밋터블 홍보용 음식을 만들고 사진 촬영하는 데 필요한 능력 또한 향상되는 듯하고.

어느덧 마냥 즐거움을 좇으며 놀기 민망한 나이에 접어들었다. 놀듯 일하고 일하듯 놀 핑계를 갈망할 때 시네밋터블을 떠올렸다. 우리는 여태껏 참 바와 아워플래닛, 글렌피딕코리아, 신라호텔과 협업했다. 남편은 나보다 훨씬 이성적이고 현실적인 사람이지만, 뒤풀이에 누구보다 진심인 걸 보아 시네밋터블을 사고하는 관점이나 입장은 어느 정도 나와 통하는 것 같다. 또, 우리가 각자 자신의 분야에서 다져온 구력이 있으며, 지켜야 할 자긍심이 있기에 주어진 역할을 해내기 위해 뒤에서는 아등바등해도, 현장에서는 누구보다 즐긴다. 그렇기에 시네밋터블을 찾아온 손님들도 편하게 여기고 즐거운 시간을 보내는 거라 본다. 시네밋터블을 야심 차게 시작한 이듬해부터 다시 본업이 바빠졌으며 함께 사는 고양이가 아파 보살피느라 시네밋터블을 제대로 운영하지 못했다. 2020년 한 해에 52회를 진행했음에도 2024년 초인 지금 이제 겨우 61회차를 맞았으니 지난 3년간 열 번도 채 하지 않았다는 얘기. 최근 협업의 차원에서 시네밋터블을 간간이 진행하면서 준비 과정은 힘들어도 시작하면 즐겁고, 하고 나면 성취감이 크다는 사실을 재확인했다. 준비할 때는 귀찮아도 막상 가면 좋고, 다녀오면 새로운 도전을 해냈다는 만족감이 드는 여행과 그 자극이 닮았다는 생각이 문득 들었다. 손님들이 우리에게 맡긴 귀한 시간을 어떻게 하면 즐거우면서도 유의미하게 연출할지, 영화와 같은 몰입감을 안길지 고민하는 시간이 순수한 즐거움으로 이어질 때까지 하고 싶다, 시네밋터블.

'구니니'라고, 이름이 특이한 고양이와 함께 산다. 아마 전
세계에서 구니니란 이름을 가진 고양이는 내 거실을 정복한
고양이가 유일할 터. 구니니 이름의 기원에는 서촌의 지역색이
녹아 있다. 서촌에는 청와대가 인접하다 보니 인근 산에
있는 군부대에서 근무하는 직업 군인들이 유사시에 출동할
수 있도록 군인 전용 아파트를 뒀다. 구니니는 옥인동 군인
아파트의 놀이터에서 발견되어 군인을 귀엽게 부르는 애칭인
구니니란 이름이 붙었다. 한때 우리 부부가 하루가 멀다 하고
드나들던 술집 사장님 부부가 구조해 이름 지은 구니니는

4부

구니니

손님을 반기는 술집 고양이로 지내다가, 우리가 옥인연립에
입주할 당시 집고양이로 신분을 탈바꿈했다.
고양이는 부른다고 오는 존재가 아니다. 불러도 불러도
오지 않아 애간장을 녹이다 포기할 즈음 부르지도 않았는데
제멋대로 성큼 와 있다. 반가운 마음에 얼굴을 들이밀고 더
가까이 다가가려 들면 온데간데없다. 고양이가 사라진 자리엔
보드라운 촉감과 포근한 향만이 아렴풋이 남아 있다. 사람을
감질나게 하는 면에서 고양이는 봄을 꼭 닮았다. 역시 봄은
고양이로다.

'구니니'라는
단일한 이름의 고양이

이름이 특이한 고양이 한 마리와 산다. '구니니'. 군인을 일컫는 애칭이다. 보통 젊은 여성들이 군대 간 남자친구를 귀엽게 구니니라 부른다. 실제로 인스타그램에서 구니니를 검색하면 머리를 짧게 민, 앳된 얼굴의 군인들과 경쟁하는 페르시안 고양이를 발견할 수 있다. 아마 전 세계에서 구니니라 불리는 고양이는 하나뿐일 터. 이름이 특이하다 보니 이름을 밝히면 이름에 얽힌 사연을 묻는 일이 잦다. 일단, 구니니란 이름은 우리가 짓지 않았다. 처음 구니니를 길에서 발견해 임시 보호한 분들이 지었다. 우리가 뻔질나게 드나들던 술집 사장님 부부였다. 2017년, 아직은 바람 찬 이른 봄밤이었다. 사장님 부부가 영업을 마치고 집에 들어가는 길에 들른 편의점 야외 테이블에서 컵라면이 익기를 기다리던 어느 순간, 한 고양이와 눈이 마주쳤다고 한다. 어느 동네나 길냥이는 흔하지만, 그 고양이는 길에서 만나는 다른 개체와 사뭇 달랐다. 길에서 만나는 일이 영 어색한 장모의 페르시안 고양이였기 때문이다.

얼떨하여 앉은 자리에서 부르자 그 고양이는 냉큼 달려왔다. 춥고 배곯은 듯한 고양이를 모른 체할 수 없어 케이지를 가져와 집으로 옮겼다. 그런데 문제는 그 집에는 이미 고양이 십여 마리가 있었고, 구조한 고양이는 평생 외동묘로 살다 길에서 낯선 고양이들에게 공격당한 탓인지, 그 집 고양이들에게 무척 적대적이었다. 밤새 하악질하고 비명에 가까운 소리를 지르는 탓에 어쩔 수 없이 술집으로 옮겨 격리했다. 그렇게 그 고양이는 마네키네코처럼 술집에 앉아 손님을 반기는 고양이로 거듭났다. 당시 우리 부부는 집에서 가장 가까이 있던 그 술집을 하루가 멀다 하고 드나들었다. 그 술집에는 우리처럼 출근 도장 찍는 길냥이가 많았지만, 어떤 놈도 우리에게 곁을 내주지는 않았다. 그런데 구니니만큼은 개냥이처럼 우릴 따랐다. 고양이 언어를 모르는 내게도 어떻게든 혹독한 길 생활을 청산하고 예전처럼 뜨뜻한 아랫목을 차지하겠다는 의지가 읽힐 정도로 이글이글했다.

　이야기가 옆으로 샜는데, 그래서 왜 이름이 구니니냐 하면, 사장님 부부가 그날 밤 들른 편의점이 서촌에서 거의 유일무이한 아파트인 '군인 아파트' 옆에 있었기 때문이다. 처음 발견했을 당시 구니니는 군인 아파트 놀이터에서 모래를 파고 있었다고 한다. 이렇게 있는 사실 그대로 전하면 사람들은 연이어 묻는다. "군인 아파트가 뭐예요?" 서촌은 청와대가 인접해 있을 뿐 아니라 서촌을 둘러싼 인왕산과 북악산에 군부대가 각각 주둔해 있다. 일대로 출퇴근하는 직업 군인들이 유사시에 출동할 수 있도록 정부가 가까운 서촌에 군인 전용 아파트를 마련해준 것. 입구에 군인 아파트라고 쓰인 현판은 없으나, 그곳이 군인 아파트라는 사실은 주민이라면 누구나 안다. 길에서 마주치는 게 영 어색한 이 페르시안 고양이는 구조되던 당시, 지금은 우레탄 바닥으로 교체된 군인 아파트 놀이터에 오줌을 싸고 모래로 덮고 있었다고 하여 구니니라는 이름을 얻게 됐다. 구니니가 두어 달의 술집 하숙 생활을 청산하고 우리 품으로 온전히 넘어왔을 때는 이름을 바꿀까 잠시 고민도 했다. 하지만 군인 아파트가 희소한 만큼, 구니니란 이름 또한 고유하리라는 생각에 그대로 부르기로 했다.

길에서 품종묘를 만나는 행운
혹은 불행

구니니가 술집 사장님들로부터 구조되었을 때는 공교롭게도 옥인연립 공사가 한창일 때였다. 이미 여러 마리 고양이를 돌보던 사장님 부부는 내심 우리가 구니니를 입양하길 바랐지만 가당찮은 생각이었다. 내게는 고양이 알레르기가 있다. 한번은 고양이 대여섯을 키우는 작가의 작업실에 취재하러 갔다가 급성 알레르기 반응을 일으켜 병원에 실려 갈 뻔했다. 많은 사람이 알레르기가 있음에도 항히스타민제를 복용하며 반려동물을 키운다고 하는데, 나는 지르텍 반 알만 먹어도 정신을 차리지 못할 정도로 약에 예민하다. 프리랜서 입장에서 정신이 온전치 못하다는 건 곧 경력 단절을 의미했다. 더욱이 집에서 꼬박 일해야 하는데, 원래 살던 집에나 새로 들어갈 집에나 방이 하나밖에 없어 고양이를 피할 길이 없었다. 나는 따지자면 마음이 약한 편이지만, 구니니를 들이는 일만큼은 결사적으로 거절하고 기필코 반대했다.

외려 나보다 이성적인 남편이 구니니를 입양할 것을 고집했다. 갑자기 장난감을 사달라고 조르는 어린아이의 부모 입장이 된 것 같았다. 남편은 틈만 나면 졸랐고, 사장님들이 그 틈을 파고들어 교묘히 넓히려 들었다. 예를 들어 이런 식이었다. 이사 막바지에 이삿짐을 함께 정리해준다는 핑계로 사장님 부부가 구니니를 데리고 누상동 빌라에 찾아왔다. 당시 구니니는 그렇게 뻔뻔할 수 없었다. 누상동 집에 풀어놓자 어디 구석에 숨으리라는 예상과 달리 우리 침대에 떡하니 올라가 기절하듯 잠이 들었다. 노숙에서 하숙으로 주거 환경을 개선했다 하나, 노숙 생활을 청산하며 샤워 한 번 시원하게 하지 않은 주제에 하얀 이불이 덮인 침대에 누워 있는 꼴을 보니 기가 찼다. 집 앞에 쓰레기 버리러 잠시 나갔다 와도 샤워하고 침대에 올라야 한다는 철칙을 가진 남편이 그 꼴을 참는 걸 보니 더 기가 찼다.

나는 옥인연립을 공사하며 이사 전날 밤만을 손꼽아 기다리고 있었다. 공사 일정이 빠듯하여 이사하기 전날 공사를 끝내고 입주 청소하는 걸로 계획되어 있었다. 수천만 원을 쏟아부어 완성한 '집'이라는 하나의 작품을 온전히 감상할 수 있는 유일한 시간이었다. 그 어떤 살림살이의 개입 없이 말이다. 공사업체와 청소업체 사람들이 나가기를 종일 기다렸지만, 이런저런 이유로 마감 시간이 지체됐다. 나는 기다리다 지쳐 그날 밤에도 맥주나 한잔할 겸 구니니가 하숙하는 술집을 찾았다. 술집에서 옥인연립이 훤히 보였으므로 공사가 끝나는 순간을 빠르게 포착할 수도 있었다. 거의 자정이 다 되어 집에 불이 꺼졌다. 신호를 받은 첩보원처럼 바로 자리를 박차고 일어났다. 그날따라 가게에 손님이 없어 사장님 부부도 구경할 겸 구니니를 데리고 따라나섰다. 어차피 가게로 돌아와야 하는 구니니를 왜 굳이 데려가는지 그 의중이 몹시 의심스러웠지만, 매몰차게 따지지 못했다. 한시바삐 새집을 구경하고자 하는 마음이 앞서기도 했고.

우리가 이사한 날이 2017년 5월 12월이었으니, 11일에서 12일로 넘어가는 푸근한 봄밤이었다. 새집 냄새를 빼느라 창문을 사방으로 열어젖히고 난방을 최대치로 틀어 집 안이 후끈후끈했다. 조명을 켜자 새것으로 채워진 집은 모든 면이 밝고 맑고 윤이 났다. 눈부시도록 아름다운 존재를 목전에 둔 것처럼 벅찬 감동이 밀려왔다. 그런데 이 결정체를 나만큼 마음에 들어 하는 존재가 있었다. 구니니였다. 구니니는 비로소 자신이 마땅히 머물러야 할, 쾌적하고 따뜻한 집을 찾았다는 듯 가슴을 활짝 펴고 꼬리를 버쩍 세웠다. 몇 발짝 멋을 부리며 캣워크를 시연하더니 이내 털썩 누워 온몸을 늘어뜨린 채 이리 뒹굴 저리 뒹굴었다. 제집인 양 구는 뻔뻔한 태도에 헛웃음이 절로 났다. 그러면서도 동시에 구니니가 화이트큐브처럼 비현실적으로 밝고 깨끗한 이 공간과 제법 잘 어울린다는 사실을 인정할 수밖에 없었다. 특히 큰맘 먹고 주방 상판에 깐 대리석의 무늬와 어룽지는 구니니 털이 서로 합을 맞춘 듯 닮아 보였다.

구니니를 받아들이기로 결심한 데는 그날의 강렬한 인상만 작용한 건 아니었다. 자의 반 타의 반으로 구니니와 접촉하는 횟수가 늘면서 구니니한테는 알레르기 반응이 거의 없다는 걸 깨달은 이유도 있었다. 입양되기 위한 노력이 필사적이었던 구니니는 우리처럼 자신에게 작은 관심이나마 보이는 손님이 오면 의자로 뛰어올라 궁둥이를 찰싹 붙이고 앉았다. 골반에서 척추를 타고 온몸으로 전달되는 골골송의 진동과 그로 인한 감동을 부정할 수 없어 몇 시간이고 옆에 두고 쓰다듬다 보면 옷이며 피부에 털이 묻었는데, 그럼에도 심각한 알레르기 반응이 올라오지 않았다. 그 사실을 누구보다 빠르게 꿰뚫은 남편은 더 적극적으로 입양을 밀어붙였다. 나도 더는 부정하거나 거절할 수 없어 이사한 다음 날, 입양 제안을 받아들였다.

구니니는 우리가 이사하고 짐 정리를 어느 정도 끝낸 5월 20일경 옥인연립에 입성했다. 한 달 정도는 어찌나 착하고 순하게 굴던지, 그때를 돌이켜보면 가증스럽다는 생각이 들 정도다. 지금은 거의 깡패나 다름없다. 자신이 바라는 게 즉각 이뤄지지 않으면 집을 부수려 들거나 괜히 비닐을 씹어 사람을 식겁하게 하고 창밖을 향해 동네 떠나가라 비명을 질러댄다. 누가 들으면 우리가 고양이를 학대한다고 의심할 정도로 처절한 소리를 낸다. 어느 시간대에, 어느 방향으로 비명을 질러야 소리가 공명하는지 아는 눈치. 성질만 나쁘면 다행일 텐데, 입양한 지 몇 달 지나지 않아 우리는 구니니가 필사적으로 감추려 했던 비밀을 직시하고야

190

말았다.

　구니니는 선천적으로 요도가 좁은 아이다. 데려온 해부터 요도 폐색 즉, 오줌줄이 막혀 오줌을 못 누는 증상을 보였고, 그때마다 카테터를 꽂아 오줌을 강제로 빼내고 노폐물이 잔뜩 쌓인 요도와 방광을 세척해야 했다. 참고로 거의 모든 동물이 그렇듯 똥은 며칠 누지 않아도 괜찮지만, 오줌은 이틀 넘게 배출하지 않을 경우 생사의 경계를 오가게 된다. 해마다 두어 번씩 카테터 시술을 하다가 2021년에는 골반을 여는 큰 수술을 통해 수컷 생식기를 제거하고 요도를 넓혔다. 하지만 그마저도 여의찮아 2023년에 재수술을 받았다. 여태껏 동물병원에 쏟은 비용만 해도 중형차 한 대는 뽑을 수준이다.

　처음에는 구니니를 버린 사람을 좀체 이해하지 못했다. 길에서 아무 대가 없이 품종묘를 주웠으니, 이런 행운이 있나 싶어 의기양양했다. 지금은 남편과 둘이 구니니가 버려진 이유에 관해 밤새 떠들 수 있다. 그만큼 성격이 고약하고, 결점이 많다. 일례로 요도와 방광 문제로 평생 고생하고 고생을 시키는 주제에 결코 자기 의지로 물을 마시지 않는다. 요도가 잘 소통하기 위해선 무엇보다 음수량이 중요하다. 고육지책으로 하루에 네댓 번씩 물에 좋아하는 캔과 추르를 잔뜩 타 먹인다. 와중에 입이 짧아 몇 번 핥는 시늉을 하다 어디로 쓱 가버려 밥 한 끼 먹이려면 무릎을 꿇은 채 온 집을 유랑해야 한다. 덕분에 코끼리처럼 양 무릎에 굳은 살이 박혔다. 구니니의 모든 결함과 문제점을 입양 초기에 한 번에 겪고 목격했다면 우리는 지금 함께 살고 있을까. 모르겠다. 입양 당시 구니니가 처절한 생존 본능으로 절대 들키지 말아야 할 치부와 비밀을 꽁꽁 잘 감춘 걸 기특해해야 할지, 징그러워해야 할지도. 가끔은 이렇듯 사연 많은 구니니가 내 고양이라는 사실을 특별하게 느끼는 걸 보면 이 모든 문제의 중심에 구니니가 아닌 내가 있는 것 같단 생각도 든다. 아무튼 동물은 죄가 없다.

20평짜리 고양이 집을 지었구나!

구니니를 받아들이는 동시에 고양이 가구를 사 모으기 시작했다. 밥상이 시작이었다. 어디서 들은 건 많아 밥그릇을 맨바닥에 놓으면 낮아서 먹기 불편하다는 사실을 알고, 구니니 키에 맞는 밥상을 주문 제작했다. 받고 보니 높아 다시 보내 다리를 한차례 자르기도 했다. 그다음엔 '고양이 화장실계의 애플'이라 일컫는 미국 브랜드의 화장실을 골랐다. 또한 스크래처 2종과 평상형 해먹, 바구니형 해먹, 나아가 1층은 스크래처, 2층은 해먹으로 구성된 가구를 차례로 들였다. 고양이용 소가구를 야금야금 모으다 보니 집이 점점 좁아져 캣타워를 들일 생각은 진작 접었다. 그런데 당시

193

EBS에서 야심 차게 시작한, 고양이 행동 교정 프로그램 〈고양이를 부탁해〉를 보면서 고양이 문제의 해답은 모두 캣타워로 귀결되는 걸 알게 됐다. 여담이지만 개와 달리 고양이 문제는 캣타워와 사냥놀이로 해결되는 단순한 원리 때문에 〈고양이를 부탁해〉는 자매 프로그램 〈세상에 나쁜 개는 없다〉만큼 흥미를 끌지 못했다고 본다. 아무튼 나는 순리대로 캣타워를 마저 들였다. 그것도 당시 가장 비싸고, 부피가 큰 제품으로.

가뜩이나 작은 집이 구니니 가구로 인해 더 좁아졌다. 구니니를 입양할 것을 진작 알았다면 설계하는 과정에서 구니니를 고려해 벽과 기둥을 활용하는 등 좀더 효율적으로 공간을 구성했을 텐데…. 아쉬움이 컸다. 자연스럽게 고양이와 공유하는 공간을 구성하고 설계한 사례에 관심이 쏠렸다. 아니나 다를까, 일본에는 '고양이가 좋아하는 인테리어'와 같은 맥락의 책들이 이미 여러 권 출간돼 있었다. 해외 직구하여 사진이라도 볼까 고민하는 찰나, 고양이 집사의 집을 여러 차례 설계한 젊은 건축가가 서촌에서 강연한다는 소식을 접했다. 이 얼마나 시기적절한 기회인가. 열일 젖히고 신청하려 했으나, 하필 날짜가 크리스마스 다음 날

이어서 깔끔히 포기했다. 신청했다가 숙취로 가지 못할 게 분명했기 때문에. 대신《ELLE》기자에게 링크를 보내며 살살 꼬셨다. "요즘 고양이 많이들 키우잖아. 아예 고양이 집사의 집을 전담해서 설계한 건축 사무소가 국내에도 있대. '고양이 건축'이 뭔지 궁금하지 않아? 취재해볼 테니 지면 좀 줘봐." 이미《ELLE》에 구니니 사연 팔이를 한 적 있는 나는 뻔뻔하게 들이댔고, 지면 두 페이지를 쟁취하는 데 성공했다.

개소한 지 얼마 되지 않은 신생 건축 사무소 '비유에스건축'은 고양이와 사람이 함께 사는 집을 네 채 연이어 지었다. 나는 사무소를 이끄는 박지현, 조성학 건축가가 애묘인일 거라 확신했다. 하지만 전혀 아니었다. 오히려 고양이와 동떨어진 삶을 살아왔다고 했다. 고양이와 연이 없는 그들이 고양이 집사 집을 주로 설계한 배경이 더욱 궁금해졌다. 박지현 소장님은 "자신들이 젊은 건축가다 보니 설계를 의뢰하는 건축주들이 갓 결혼한 젊은 사람들이며, 그들 대부분이 아이 대신 반려동물이 있는 삶을 원했다"고 했다. 나아가 건축주들이 공통적으로 도심 속 협소 주택을 꿈꾸다 보니 개보다 고양이를 선호했을 것이라 추측했다. 하지만 고양이 집사인 내 생각은 조금 달랐다. 집이 좁고, 도심에서 산책할 만한 곳이 마땅찮은 점을 고려해 개가 아닌 고양이를 선택했다고 보지 않았다. 그보다 스스로 집을 짓기로 결심한 그들의 기질이 개보다 고양이에 더 가깝기 때문이라 봤다. 실제로 미국의 과학 전문 매체《라이브 사이언스Live Science》에 따르면 사람들이 반려동물을 고를 때 자신의 성향과 비슷한 동물에 끌리며, 고양이를 기르는 사람들은 규칙에 순응하기 싫어하는 경향을 보인다고 했다. 안정적인 선택지인 아파트가 아닌 다른 형태의 집을, 그것도 직접 짓기로 결심한 사람들이니 자연스럽게 자신처럼 독립심 강한 고양이에게 더 끌렸으리라.

나는 설계 단계에서 고양이의 개별 습성과 행동을 관찰해 창틀의 높이, 너비, 위치며 계단참의 모양, 너비를 결정하고, 기둥과 벽 등의 수직 공간을 활용한 사례를 들으며 강한 부러움을 느꼈다. 시시때때로 우리 집을 캔버스 삼아 구니니를 고려하여 설계한 가상의 공간을 그려봤다. 거실의 빈 벽, 통창과 가까운 포인트 기둥 뒷면에 나무판을 덧대 수직 공간을 만들고, 방문에는 구니니가 자유자재로 드나드는 작은 구멍을 뚫고, 붙박이장을 짜 구니니 화장실을 숨기는 상상을 했다. 사실 이러한 일련의 상상은 구니니가 아닌 나를 위한 것이다. 구니니 가구가 바닥 면적을 많이 차지하고, 구니니가 방문을 열려고 미닫이문을 발톱으로 긁어 상처를 남기는 일에 안타까움을 느끼는 건 구니니가 아니라 전적으로 나이기 때문. 정작 구니니는 아쉬울 것도, 답답할 것도 없다. 캣타워며 해먹, 스크래처, 화장실 등 필요한 건 다 얻었으며, 문이 상하든 말든 상관없으니. 결국 우리는 구니니가 가장 만족하는, 구니니 중심의 거대한 고양이 집을 지었음을 인정할 수밖에 없었다. 공사 과정에서 처리해야 했던 골치 아픈 문제들과 그로 인해 삭막해진 집안 분위기를 푸는 모든 과정을 건너뛰고 새집이 완성된 후 들어온 것을 보면 이 모든 게 구니니의 큰 그림이 아니었나, 의심이 들기도 한다.

비유에스건축은 2021년 고양이와 함께 사는 집을 설계한 경험을 엮은 책《가가묘묘》를 출간했다. 이 책은 서로 다른 고양이와 사연을 가진 건축주의 요구에 따라 설계를 어떻게 달리했는지 비교하며 볼 수 있다는 점에서 자료로 가치가 있다. 창문과 계단, 마당의 위치와 형태를 달리한 점도 흥미롭지만, 생활상에 따라 전혀 다른 선택을 한 점이 인상

깊다. 일례로 2층짜리 집을 짓고 1층에 식당을 차린 한 건축주는 파격적으로 2층 현관에 드레스룸을 넣어주길 요구했다. 주거 공간인 2층에서 입고 있던 옷에 혹시 묻어 있을지 모를 고양이 털을 식당에까지 달고 가지 않겠다는 건축주의 강력한 의지가 담긴 결정이었다. 꼭 고양이 집사여서가 아니라 철저한 위생 관념을 지녔다는 점에서 언젠가 그 식당은 꼭 한번 가보고 싶다. 또 흥미로운 사연 하나를 소개하자면, 네 명의 건축주 중 유일하게 고양이를 키우지 않던 부부 이야기다. 3층짜리 협소 주택을 짓고 1층에 염원하던 꽃집을 열며 화분이며 흙 포대를 늘어놓자 어느 날부터 동네 길고양이들이 찾아왔다고 한다. 아마 화장실로 쓸 요량으로 찾았을 텐데, 마음씨 좋은 건축주 눈에 그전까지 띄지 않던 도심 속 동물들이 보이기 시작했고, 그들을 가엾게 여겨 한 마리씩 입양하다가 현재는 고양이 세 마리의 집사가 됐다. 애초에 고양이를 배려해 설계한 집이 아닌지라 고양이들을 위해 추가 비용을 들여 부분 공사를 의뢰한 사연 또한 훈훈하다. 한편, 《ELLE》에 기사를 쓰며 도움말 받느라 연이 닿은 박지현 소장님의 권유로 우리 집과 구니니 사연이 《가가묘묘》에 함께 실리기도 했다.

구니니의 계절

모든 동물이 그렇듯 태초에 야생 동물이던 고양이는 사람과 개와 달리 육식 동물이다. 고양이는 직접 사냥한 짐승으로 배를 불리고 수분을 보충하며 생존했다. 인간의 집에서 나고 자란 고양이는 먹이를 사냥할 필요가 없음에도 여전히 사냥 본능이 살아 있다. 고양이 집사들이 매일 팔이 떨어져라 낚싯대를 흔들어야 하는 이유다. 몇 해 전부터 새를 아끼고 좋아하는 애조인과 애묘인 사이에서 줄기차게 이어진 논쟁이 있다. 길고양이들이 새를 사냥하는 문제를 둘러싼 다툼이다. 애조인들은 새의 생존을 위협하는 길고양이들에게 밥 주는 행위를 멈춰야 한다고 주장한다. 반면, 애묘인들은 고양이가 새를 사냥하는 것은 타고난 본능이며, 자연 생태계의 일부인 것을 왜 문제 삼느냐는 주의다. 이때 애조인이 가장 분통 터져 하는 점은 고양이가 종종 먹잇감을 취하기 위해서가 아니라 단순히 재미 삼아 새를 사냥한다는 것이다. 물론 고양이가 사냥한 쥐나 새를 먹는 경우도 많지만, 애조인들의 주장대로 본능에 따라 사냥하는 경우가 더러 있다. 하지만 그것을 단순히 재미 삼아 하는 행동이라 규정하긴 어렵다. 쉽게 배를 불릴 수 있는 환경에서도 고양잇과 동물들이 사냥 본능을 놓지 않는 것은 생존과 직결된 문제이기 때문이다. 그 날카로운 본능이 잠재돼 있기에 인간의 모진 핍박과 대기근, 자연재해 속에서도 살아남을 수 있었다. 만약 인간과 함께하며 사냥 본능이 퇴화했다면, 중세의 대학살, 전쟁, 기근을 겪으며 다시 길로 쫓겨난 고양이들은 역사에서 영영 사라졌을지도 모른다. 구니니만 하더라도 당장 내가 잘못되어 길에 나앉더라도 뒤에서는 쥐를 잡아먹으며 사람 앞에서는 아양을 떨며 살아남으리라. 내 것인 동시에 온전히 내 것이 아닌 점, 그것이 고양이의 매력 같다.

사냥 본능이 남아 있다 하나, 고양이는 아이러니하게도

영역 동물이어서 집을 벗어나지 못한다. 집고양이들이 창가를 벗어나지 못하는 이유다. 집고양이들에게 창밖 풍경은 각종 흥밋거리와 자극적인 요소로 버무려진 TV와 같다. 구니니만 해도 깨어 있는 시간 대부분을 거실 창가 혹은 부엌 창가에서 보낸다. 거실 창문 너머 원거리에 있는 아름드리 느티나무와 옆 동 앞에 있는 반쯤 죽은 느티나무 사이는 까치들이 떼 지어 오가며 먹이 활동을 하는 장소다. 가끔은 이 당돌한 놈들이 우리 집 차양 밑에서 비를 피하거나 차양에 고인 빗물로 목을 축이는데, 그럴 때면 구니니는 솟구치는 도파민을 주체하지 못하고 캣타워에 올라 당장 창문을 향해 돌진할 것처럼 몸을 잔뜩 웅크리고 앉는다. 그때는 정말 자신과 까치 사이에 그 어떤 시공간도 존재하지 않는 듯 몰입한다. 거실 창이 어쩌다 재미있는 공중파 TV라면, 부엌 창은 쇼츠로 가득한 유튜브쯤 되는 듯하다. 주로 부엌 창에 붙어 있는 걸 보면 말이다. 부엌 창에는 두충나무 두 그루가 바람 잦은 날엔 방충망을 뚫을 정도로 가까이 붙어 있어 새들을 더 면밀히 관찰할 수 있다. 밀화부리부터 물까치, 멧비둘기, 박새, 참새까지 정말 다종다양한 새들이 두충나무 그늘에서 무언가를 열심히 쪼아댄다. 가끔은 근처 숲에서 원정 온 청설모를 만나는데, 그런 날이면 구니니는 전두엽이 터질 것 같은지 유리창에 머리를 박고 온몸을 파르르 떤다. 구니니와 상관없이 나 좋자고 창틀을 테이블 높이에 맞춰 제작했는데, 그것이 고양이가 좋아하는 인테리어 요소에 속하는 행운이 따랐다. 덕분에 구니니가 새들의 움직임에 따라 테이블에서 캣워크 하는, 귀엽다 못해 하찮은 모습도 지켜볼 수 있다.

3월에 만나 5월에 내 품에 안긴 구니니는 봄을 참 좋아한다. 사실 봄은 모든 고양이가 가장 아끼는 계절이다. 긴 겨울을 지나 봄이 찾아오면 앙상한 가지마다 새 움이 트고, 곤충들이 알이나 번데기에서 변태하며, 겨우내 뜸하던 새들이 몰려든다. 이른 아침부터 새들의 낭랑한 울음소리에 잠이 깰 지경. 그럼 머리맡에서 자던 구니니가 벌떡 일어나 내 머리를 밟고 침대에서 뛰어내려 어서 방문을 열어달라 성화다. 방문을 열어젖히면 앞으로, 뒤로 길게 기지개를 켠 구니니가 복도를 따라 부엌으로 창창하게 걸어가는 뒷모습은 잠이 덜 깨 흐릿한 시야 속에서도 너무나 경쾌하고 사랑스럽다. 마치 김광민 피아니스트가 핸드벨 주법으로 연주한 곡을 흥얼거리며 리듬에 맞춰 걷는 것 같다. 창틀과 맞닿은 식탁에 다다라 멋지게 점프해서는 몸을 움츠린 채 고개를 쭉 빼고 새의 움직임을 쫓느라 정신없다. 가끔은 꼬리로 식탁을 힘차게 탕탕 치고 이빨을 부딪치며 '갸르각 갸르각' 채터링 소리를 낸다. 마치 몇 달간 기다린 드라마가 새로운 시즌을 시작한 양, 실로 오랜만에 맞이하는 다채로운 창밖 풍경에 몰입한 털북숭이의 뒷모습을 보고 있으면 봄이 더욱 반갑다. 봄의 어원에는 두 가지 설이 따른다. 첫째는 '불'의 옛말인 '블'과 '오다'의 명사형인 '옴'이 결합해 형성됐다는 설명이며, 둘째는 '보다'의 명사형이라는 주장이다. 나는 따뜻한 불의 기운이 다가온다는 해석의 첫 번째 주장이 더 설득력 있다고 여기지만, 봄을 맞이하는 구니니의 자세를 볼 때면 둘째도 꽤 설득력 있게 들린다. 흡사 만물이 죽은 듯 고요한 겨울을 지나 풀과 나무가 소생하고, 곤충과 새가 돌아오는 걸 새로 볼 때 우리는 어느 때보다 자연의 신비를 체감하고 감격한다. 숲이 창창한 여름, 단풍이 화려하게 몰드는 가을보다 봄이 더 시각적으로 경이로운 계절임을 작은 변화도 민감하게 알아채는 구니니를 통해 배운다.

역시 봄은 고양이로다

'봄은 고양이로다', 절묘하리만큼 잘 지은 이 문장은 이 장희 시인이 1923년 발표한 시의 제목이다. 1900년에 태어나 1929년 음독자살로 짧게 생을 마감했으니 이 시를 지을 당시 시인은 20대 초반의 청년이었다. 그의 짧은 생애는 기록을 찬찬히 읽는 것만으로 고통스러우리만큼 비애에 가득 찼다. 어린 나이에 어머니를 여의고, 부호이자 친일파 인사였던 아버지가 두 번의 재혼을 감행하며 열한 명의 이복형제를 비롯해 스물한 명의 형제자매 틈에서 존재감 없이 자랐다. 집이 부유했지만 누구 하나 관심 갖는 이 없어 초라한 행색으로 학창 시절을 보내야 했던 시인은 성격이 날로 폐쇄적으로 변했으며, 그럴수록 더욱 깊은 심상에 잠겼다. 환경적 요인으로 유년을 외롭게 보냈다면, 성인이 된 후론 폐쇄적 성향이 굳어진 탓에 사람들과 더 어울리지 못했다. 외로운 시인은 시 여기저기에 어머니 품처럼 따스하고 포근한 봄을 그리는 애끓는 마음을 남겼다. 언젠가 자신의 인생에도 쓸쓸한 계절이 지나고 봄이 찾아오길 바랐다. 하지만 봄의 햇살마저 자신의 그늘진 마음을 비추지 못한다는 사실을 매년 거듭 확인한 시인은 더 큰 비애에 잠겼고, 끝내 스스로 생을 마감했다.

봄을 아끼고 반기는 시인의 마음이 고스란히 담겨 있는 〈봄은 고양이로다〉는 그의 유작 중 가장 명랑하다. 나는 뒤늦게 발간된 시인의 시집을 읽지 않았다면 그를 여전히 천진한 사람으로 그리고 있었을 테다. 시인이 외롭고 우울한 가운데도 이처럼 밝은 시를 남길 수 있던 것은 고양이가 그의 마음을 어느 정도 위로해줬기 때문이 아닐까. 시인의 시에는 봄만큼 고양이가 자주 등장한다. 시인은 길에서 마주치는 낯선 고양이에 늘 혼자인 자신을 투영하고 위로를 받은 듯싶다. 일제강점기였으니 길고양이에 깊은 관심이나 애정을 쏟기 힘든 시절이었다. 그럼에도 시인은 고양이에게 애정 어린 관심을 기울이고 고양이의 행동을 관찰하며 고단한 마음을 달랬다. 그의 뛰어난 관찰력 덕에 탄생한 〈봄은 고양이로다〉는 미국의 한 유명 출판사가 발간한 시선집《The Great Cat》에 세계적 명성을 떨친 시인들의 작품과 나란히 실렸고, 그 일을 계기로 시인의 이름도 뒤늦게 알려졌다. 시인은 고양이와 봄이라는, 서로 무관해 보이지만 자신이 좋아하는 두 존재를 끌어와 고양이의 형상을 통해 봄의 특징과 생명력을 절묘하게 묘사했다고 평가받는다.

이 시를 읽고 난 후 나는 봄이 더 좋아졌다. 봄이 오는 것이 꼭 하나의 거대한 고양이가 내 품에 안기는 것 같은 기분이 들어서다. 그 푸른 빛의 고양이는 보드랍고 향기로운 털을 가졌으며, 동글고 또렷한 눈동자에는 반짝이는 빛이 비친다. 고요하고 포근한 인상으로 금방 졸음이 쏟아질 듯 마음을 느슨하게 하는가 하면, 팽팽하게 당겨진 수염에는 생동하는 기운이 넘친다. 눈을 감고 시인이 묘사한 가상의 고양이를 상상하면 이내 머릿속에 봄의 기운이 차오른다. 봄을 이보다 더 시각적이고 감각적으로 묘사할 순 없다고 단언할 정도.

꽃가루와 같이 부드러운 고양이의 털에
고운 봄의 향기가 어리우도다.

금방울과 같이 호동그란 고양이의 눈에
미친 봄의 불길이 흐르도다.

고요히 다문 고양이의 입술에
포근한 봄 졸음이 떠돌아라.

날카롭게 쭉 뻗은 고양이의 수염에
푸른 봄의 생기가 뛰놀아라.

—이장희, 〈봄은 고양이로다〉, 《봄은 고양이로다》, 아인북스.

   고양이는 부른다고 오는 존재가 아니다. 불러도 불러도
오지 않아 애간장을 녹인다. 혼자 기다리다 지치길 반복해
토라질 때쯤, 부르지도 않았는데 제멋대로 성큼 와 있다. 반
가운 마음에 얼굴을 들이대고 더 가까이 다가가려 들면 느
닷없이 사라지고 없다. 봄이 이 이야기를 들으면 자신의 이

야기라고 착각할 정도로 봄과 고양이는 닮았다. 그렇다면 고양이는 봄이 자신과 닮았다는 사실을 알까. 그래서 봄을 더 반기고 좋아하는 걸까. 오는 봄, 깊이를 가늠할 수 없는 구니니의 눈동자를 열심히 들여다보며 구니니 시선 속의 봄과 봄에 관한 지극히 개인적인 사유를 읽어보고 싶다.

인간이 고양이에 열광하는
진짜 이유

구니니와 함께하며 여러 매체로부터 의뢰받아 고양이에 관한 기사를 부단히 썼다. '고양이를 좋아한 유명 인사' '고양이와 관련한 여행지' '고양이와 얽힌 명언과 속담' '구니니를 만난 사연' '고양이 건축' '고양이를 선호하는 최신 트렌드' 등 다양한 주제로 고양이 원고를 썼더랬다. 그때마다 궁금했다, 우리 인간이 고양이에 이토록 열광하는 이유를. 그 해답을 찾기 위해 펼친, 애비게일 터커Abigail Tucker가 쓴 《거실의 사자》는 내 평생 가장 재미있게 읽은 책 중 하나다. 유머 감각이 빌 브라이슨William Bryson 뺨치는 애비게일 터커를 짧게 소개하자면, 미국의 국립 자연사박물관을 운영하는 스미스소니언 협회의 자연과학 잡지《스미스소니언Smithsonian》에 칼럼을 기고하는, 분야에서 꽤 인정받는 기자다.

인간이 지배하는 지구에서 작은 동물들의 삶을 추적하고 취재하고자 지구 끝까지 가봤다는 터커는 못 말리는 애묘인이다. 부모 때부터 고양이를 많이, 오래 키운 정도가 아니라, 가지고 있는 거의 모든 물건에 고양이 얼굴이 박제돼 있을 정도로 고양이에 집착한다. 스스로 '고양이에 넋을 놓은 사람'이라 일컫는 터커는 아이를 낳아 기르며 그전까지 맹목적이던 고양이 사랑에 의구심을 품기 시작했다. 개를 포함한 다른 가축과 달리 인간을 위해 어떤 노력도 기울이지 않거늘, 인간들은 왜 고양이에 열광하는지 그 이유를 더욱 객관적으로 들여다볼 필요를 느꼈다.

이 책 저변에는 고양이를 향한 깊은 애정이 넓고 깊게 깔려 있지만, 터커가 취재한 내용은 상당히 방대해 때때로 절망적인 사실을 담고 있기도 하다. 일례로 호주에서 멸종됐거나 멸종 위기에 처한 포유류 128종 중 89종의 운명이 고양이에 의해 결정됐다. 그중 상당수가 호주에만 서식하는 토착 희귀종이라니 그 심각성에 통감한다. 호주의 과학자

들은 지구온난화보다 고양이가 자국의 생태계를 더 심각하게 파괴하는 주범이라 여긴다니 괜히 숙연해진다. 한편, 고양이가 옮기는 특정 기생충에 노출된 사람이 많은 집단일수록 자살률과 살인율, 교통사고 발생률이 높으며, 심지어 그 기생충이 조현병 발병과도 관련이 있다는 가설을 다루기도 한다. 그렇다고 애묘인으로서 지레 겁먹거나 죄책감을 느낄 필요는 없다. 고양이가 자유의지로 섬나라로 넘어간 게 아니라 호주 사람들이 쥐를 잡겠다고 부러 고양이를 배에 태워 모신 것이며, 조현병 발병과의 연관성도 매우 희박하다니.

인간이 고양이에게 끌리는 이유로 추정되는 주장 중 터커가 가장 많은 분량을 할애해 소개한 것은 인간, 그중에서도 갓난아이와 닮은 외모다. 인간 세계에는 '아이가 연상되어 기분이 좋아지고 보살피고 싶은 마음이 들게 하는 외모적 특성'이 있다고 한다. 동그란 얼굴, 통통한 볼, 넓은 이마, 큰 눈, 작은 코의 조합이다. 얼굴이 길고 코가 뾰족한 늑대는 귀엽다고 여기지 않지만 오늘날의 개들은 귀엽게 여기는 데에도 선택 교배를 통한 외모의 변화가 한몫했다는 것이다. 한편, 고양이의 경우에는 원형인 리비카 종부터 지금까지 그 어떤 인위적 조작 없이 단지 우연에 의해 사람 아기의 모습을 하고 있다고. 심지어 평균 몸무게가 3.6킬로그램으로 갓난아이의 체구와 정확히 일치하며, 울음소리도 닮은 데다, 눈의 위치 또한 토끼, 개, 사슴, 다람쥐 등 보통 우리가 귀여워하는 동물과 달리 인간처럼 머리의 정면 중앙에 있다. 터커는 우리가 눈이 양옆에 달린 독수리보다 정면 중앙에 있는 부엉이를 더 친근하게 여기는 점을 들어 눈의 위치가 호감을 끄는 데 중요한 요소임을 강조한다. 이러한 갓난아이와의 유사성으로 인해 우리는 고양이를 본능적으로 보호할 대상으로 여기고 귀여워한다는 주장이다. 다른 주장으로는 오랫동안 인간의 생존을 위협해온 고양잇과 맹수를 반려동물로 길들였다는 보상 심리에 기인했다는 의견이 있다. 물론 길들였다는 생각 자체가 대단한 착각이지만.

졸음을 가져가는 존재

구니니와 함께하며 내가 내린 결론은 두 가지다. 우선, 고양이를 좋아하는 사람은 관찰하는 걸 좋아하는 사람일 가능성이 높다. 타고난 '개냥이'도 있다 하나, 대부분의 고양이는 독립심이 강해 다른 개체와 어느 정도 거리를 두고 싶어 한다. 그렇다고 아예 동떨어지는 건 싫어해 내가 거실에 있으면 거실에, 침실에 있으면 침실에 따라 나와 일정한 거리를 두고 자리를 잡는다. 늘 어느 정도 거리를 두고 있기에 만지는 재미는 덜해도 구경하고 관찰하는 재미가 있다. 격정적으로 온몸을 핥는 모습이 우스워 열 일 제쳐놓고 동영상을 찍으며 구경하면서도 웃음소리에 동작을 멈출까 입을 틀어막고 숨죽인다. 아주 요상한 자세로 자는 모습, 캣타워에서 미끄러질 뻔한 모습 등은 매일 봐도 늘 새롭고 재미있다.

특히 바닥에 등을 대고 배를 드러낸 채 뒷다리를 쩍 벌리고 잘 때면 이 이상 흐뭇할 수가 없다. 마음이 몹시 평온한 상태가 아니면 그 자세를 취하지 않기 때문이다. 사람들은 보통 고양이가 네 발을 접은 채 몸을 식빵처럼 웅크린, 일명 '고양이 식빵 자세'를 귀여워하는데, 사실 그것은 약간의 경계심이 남았을 때 취하는 자세다. 고양이가 하루 종일 식빵 자세를 풀지 않는다면, 집사는 자신의 어떤 행동이 고양이 마음을 불편하게 했는지 되짚어봐야 한다. 이렇듯 고양이의 외면을 관찰하다 보면 그 안에 깃든 미묘한 심리 변화까지 파악할 수 있다. 그런 작은 변화를 발견하는 재미가 있으며, 발견하는 경험들이 쌓여 관찰력 또한 향상된다는 점에서 나는 관찰하기를 좋아하는 사람들이 고양이를 가까이 두고 싶어 한다고 생각한다.

또 다른 결론은 고양이가 주는 심리적 안정감이다. 보통 개와 달리 고양이에게는 용도가 없다고 말한다. 아주 옛날엔 쥐를 잡는다는 이유로 고양이를 환영했지만, 쥐에게 자신의 먹이를 양보하고 친구처럼 대하는 기막힌 영상을 통해 고양이가 꼭 쥐를 잡진 않는다는 사실이 밝혀졌다. 또, 더 이상 쥐잡이를 고양이에게 맡기지 않아도 될 만큼 다양한 기술이 발명됐다. 한편, 개는 현대 기술의 발달에도 여전히 시각장애인을 안내하고 마약을 탐지할 뿐 아니라, 코로나19 탐지, 암 탐지 등 시대의 변화에 따라 새로운 효용을 요구받는다. 그에 비하면 예나 지금이나 별 쓸모없는 고양이를 터커는 '실용성을 초월한 존재'라 정의한다. 그럼에도 인간이 고양이에게 한결같이 열광하는 걸 보면 정확한 원리는 몰라도 고양이가 인간에게 어떤 긍정적인 심리적 작용을 미치는 것만은 확실해 보인다. 아마 그 원리를 과학적으로 풀지 못해 예나 지금이나 '초월', '신비', '마력' 등의 모호한 단어로 고양이를 묘사하는 듯싶다.

촌각을 다투는 일에 극한의 스트레스를 받다가도 고개를 잠시 들어 늘어지게 낮잠 자는 구니니를 보면 순간 팽팽하게 조이던 긴장감의 끈이 툭 하고 힘없이 풀린다. 얼마나 깊은 잠에 빠져들었는지 해먹에서 반쯤 떨어진 채 몸을 있는 대로 이완한 모습을 보면 저 영물이 나 대신 잠을 자고 있다는, 나를 대신해 세상 부러운 인생을 살고 있다는 공연한 생각이 든다. 빛이 들지 않는 안락한 침실에서 자면 될 것을, 굳이 거실에 나와서 자는 것도 어쩌면 내게 자신이 필요한 치유제라는 사실을 알기 때문이 아닐까, 하는 허무맹랑한 상상이 들 때도 있다. 고양이는 이렇게 우리의 상상력마저 지배하는 무시무시한 존재다. 이와 유사한 경험을 통해 독일의 시인 라이너 마리아 릴케는 "인생에 고양이를 더하면 그 합은 무한대가 된다"라는, 슈바이처 박사는 "유일한 피난처는 고양이와 음악"이라는 명언을 남겼을 테다. 그 어떤 예술 작품도 가지지 못한 강력한 치유의 능력, 그것이 인간이 불평불만을 늘어놓으면서도 아무 물리적 보상 없이 고양이를 모시는 이유가 되겠다. 특히 밖에서 일하는 사람에게 고양이는 베개 깊숙이 숨겨놓은 부적, 부엌 찬장 높지막이 올려둔 꿀단지 같은 존재여서 떠올리는 행위만으로도 세상이 잠시 반짝이는 것 같다.

이쯤에서 논점에서 벗어나나, 재미있는 이야기 하나 남기고 싶다. 일전에 남편이랑 썸탈 때 들은 배꼽 빠지게 우스운 이야기다. 군대에서 갓 제대한 남편이 길에서 자꾸 "도를 아십니까"를 물으며 접근하는 대순진리회 교인들을 만나자 발끈해 그들을 따라 근거지로 가 며칠 동안 지내며 겪

은 경험담이다. 남편이 그들을 따라나선 점, 그들의 포교 활
동이 의외로 순진한 점 등이 재미있어 듣는 내내 배를 움켜
쥐고 웃은 기억이 난다. 그중 구니니를 볼 때마다 생각나는
일화가 있다. 그들은 자신들의 도장으로 순순히 따라온 남
편에게 가장 먼저 영화 〈투모로우〉를 시청할 것을 권했다.
남편은 군대에 있느라 놓친 영화여서 오히려 좋았다고 한
다. 재미있게 보고 나왔더니 한 교인이 가부좌를 튼 채 마주
앉아 영화에 나오는 재앙이 곧 지구에 불어닥친다며 한바
탕 설교를 시작했다.

영화를 집중해서 본 남편은 슬슬 졸음이 쏟아졌다. 졸음
을 쫓으려 안간힘을 써도 물에 젖은 솜처럼 눈꺼풀이 점점
무거워졌고, 어느새 자신도 모르게 꾸벅꾸벅 졸기 시작했
다. 다음 순간, 설교를 하던 교인이 누군가 부르는 소리에
깼고, 부름을 받은 교인이 남편과 설교자 옆에 무릎을 꿇고
앉아 짐짓 과장된 태도로 고개를 들었다 떨구기를 반복하며
조는 척을 했다. 황당한 장면에 잠이 달아난 남편이 무슨 상
황인지 묻자, 설교자는 씨익 웃으며 "용준 씨, 잠이 달아났
죠? 이분이 용준 씨를 대신해 졸고 있는 거예요"라고 의기
양양하게 답했다고. 언젠가 소설을 쓰고 싶어 하는 남편이

대순진리회에 다시 잠입해 취재한 내용을 바탕으로 흥미진진한 이야기를 써주길 바라며, 내 앞에서 졸고 있는 구니니를 볼 때마다 이 일화가 떠올라 웃음 짓곤 한다. 인간의 잠을 가져가 대신 졸아주는 한편, 스트레스는 수렴하여 '무無'의 경지로 소멸시키는 존재, 그것이 바로 고양이라는 영물인 셈이다.

봄이면 동백꽃, 매화, 산수유, 목련, 개나리, 진달래, 벚꽃,
유채꽃 순으로 꽃이 핀다. 봄나물도 산과 들에서 순서대로
눈뜬다. 하지만 그 종류가 꽃에 견줄 수 없을 만큼 다종다양해
이름을 나열하는 것이 무의미하게 느껴진다. 이름을 떠올리고
읊을 시간에 슬쩍 고개를 내밀었다가 사라지는 봄나물의
감질나는 행렬을 놓치지 않기 위해 정신을 바짝 차리는 편이
낫다. 빠르게 피고 지는 봄나물은 봄의 매순간에 놀 핑계를
안기기에 봄에는 유독 바쁘다.
이렇듯 삶에 새로운 활력과 재미를 안기는 봄나물은 그 옛날
우리 조상들이 보릿고개를 넘는 유일한 방법이자 절호의

5부

미식

기회였다. 잡풀 사이로 먹을 수 있는 풀을 귀신같이 찾아냈다.
어떤 건 언 손을 불며 뿌리를 캐고, 어떤 건 여린 잎만 땄다.
겨우내 언 땅을 뚫고 나올 만큼 강렬한 생명의 기운을 소화할
수 있도록 연하게 만들어 데쳐 먹고 볶아 먹고 밥해 먹고
절여 먹었다.

수만 년 전 채집의 흔적이 고스란히 남아 전해지는 나물
문화는 우리의 고유한 식문화라 한다. 우리에게는 다른
민족에 없는 고상한 채식 DNA와 레거시가 있는 셈.
이는 봄의 미식회를 놓쳐선 안 될 이유이자, 우리가 기후 위기
시대에 봄을 꼭 지켜야 할 명분이다.

애간장 태우는 애쑥

    겨우내 배추나 무, 혹은 제주에서 나는 당근, 비트, 콜라비 등의 채소를 먹으며 그럭저럭 버티다가 봄이 임박하면 입술이 달싹이기 시작한다. 이때부터는 정신을 바짝 차리지 않으면 찰나에 고개를 슬쩍 내밀었다 사라지는 봄나물을 놓칠지도 모른다. 좋아하는 뮤지션의 콘서트 티켓을 예매할 때처럼 긴장해야 한다. 가장 먼저 '애쑥'이 나온다. 쑥 중에서도 어린잎을 애쑥이라 부른다. 애쑥 두 봉을 신문지를 깐 식탁 위에 쏟는다. 오랜 갈증을 해갈하듯 부러 더 과감하게 쏟아붓는다. 그러면 비닐에 갇혀 있던 쑥 향이 물씬물씬 퍼진다. 괜히 눈을 감고 손을 펄럭이며 그 싱그러운 향을 부풀려 공기 중에 띄운 후 한껏 음미한다. 누군가의 정원에서 로즈메리 식물을 만났을 때 그것을 손바닥으로 살포시 감싸쥐거나 살살 어루만진 후 코에 갖다 대고 향을 맡듯 쑥을 어루만지고 쥐어서 움츠린 향을 깨워본다. 쑥 두 봉이면 두 식구가 먹기에 많은 양 같지만, 그중에서 여린 잎만 떼어내면 반절밖에 남지 않는다. 이것도 많은 것 같지만, 열에 닿는 순간 숨이 죽으니 결국은 거의 한 줌의 양이 되고 만다. 보통 애쑥으로는 쑥버무리를 해 먹는데 반찬이 아닌 다른 걸 만드는 일은 사치이므로 나는 주로 국을 끓인다.

끓는 물에 표고버섯 혹은 멸치와 다시마를 넣고 바글바글 끓인다. 보통 다시마는 오래 끓이면 진액이 나와 국물이 끈적거리고 탁해진다며 잠깐 넣었다 빼는데, 나는 끝까지 끓인다. 언젠가 송이가 나는 철에 해인사에 딸린 암자에 사찰 음식으로 이름난 비구니 스님을 만나러 간 적이 있다. 그때 스님은 송잇국을 준비하며 표고버섯과 다시마를 넣고 물이 반 이상 줄어들 때까지 센불에 팔팔 끓여 채수를 마련했다. 의아하여 물으니 끓이면 끓일수록 재료에서 액기스가 나오는데, 잠시 끓이다 꺼내는 건 바보 같은 짓이라 일축했다. 생각해 보면 국물에 어느 정도의 점성이 있어야 재료

사이의 맛을 잇고, 혀의 미뢰에도 국물이 진득하게 붙어 더 많은 맛을 느낄 수 있는 법. 부러 국에 전분기를 주기 위해 밥알을 넣고 풀기도 하지 않는가. 다시마의 진액이 밥알의 기능을 한다고 믿으며 나는 다시마를 끝까지 건지지 않는다. 여유로울 때는 충분히 끓어 부풀고 투명해진 것을 꺼내 식힌 후 잘게 채를 썰어 다시 국에 고명으로 넣기도 한다.

　여린 단맛과 감칠맛이 깃든 채수 혹은 육수에 아주 얇은 두께로 나박나박 썬 무를 넣고 투명해질 때까지 끓인 후 된장을 푼다. 이때 된장은 망으로 거르지 않는다. 어차피 평소보다 간을 슴슴하게 하기 때문에 가끔 짠맛이 스며든 삭은 콩 조각을 씹는 것도 꽤 매력 있다. 물기를 빼 보송보송한 애쑥은 냄비에 넣지 않는다. 국을 옮겨 담을 그릇에 담는다. 그리고 뜨거운 된장국을 붓는다. 그래야 식사의 마지막 순간까지 쑥 향이 지속된다. 또, 괜히 냄비에 부었다가 제때 다 건지지 못하면, 다음에 다시 끓였을 때 흐물흐물 무른 상태로 떠다니는 거무죽죽한 잎이 영 보기 별로다. 나는 향신채를 워낙 좋아해 국을 먹으며 쑥 생잎을 계속 추가해 먹기도 한다. 나중에는 국이 식어 거의 숨죽지 않은 생잎을 먹게 될 때도 있지만, 그것마저도 즐기는 편이다. 마치 베트남 음식 먹을 때 생 고수잎을 반찬으로 집어 먹듯이. 좀더 사치를 부리고 싶다면, 노랗고 부들부들한 생콩가루를 반 숟갈 가미해도 좋다. 하지만 다진 마늘이나 파는 절대 안 된다. '봄 조개, 가을 낙지'라고 한다만, 맛 낸다고 조개를 넣어서도 안 된다. 도다리쑥국도 안 된다.

사실 우리가 '도다리'라고 아는 생선 대부분은 도다리가 아니다. 문치가자미다. 2월경 산란하기 위해 얕은 바다로 몰려왔다가 대량으로 그물에 걸린다. 그걸 '봄 도다리'라 부른다. 하지만 막 산란한 문치가자미는 야위어 횟감으로는 모자란 감이 있다. 아쉬운 대로 국거리로 주로 활용하는데, 때마침 쑥이 제철이어서 둘을 합쳐 도다리쑥국이 탄생했다. 참으로 절묘한 만남이라 하겠다. 하지만 아무리 야위어도 생선국은 기름지기 마련. 느끼함을 잡기 위해 파, 마늘, 양파에 쑥까지 넣은 도다리쑥국은 어쩌다 여행 가서 재미 삼아 한번 먹지, 자주 먹기 힘들다. 자고로 쑥 요리에서는 쑥이 원톱 주연이어야 한다. 가자미든 도다리든 생선은 곧 살찔 것이며 얼려서 사시사철 먹어도 되지만, 쑥은 1년에 두어 달 허락되는 식재료다. 늦가을에 식탁에 앉아 이 글을 쓰고 있자니 쑥국 한 모금이 그립고, 그 맛을 허락하는 봄이 그리워 몸이 배배 꼬인다. 이렇듯 사람을 감질나게 하는 식재료지만, 제아무리 기업 총수고 대통령이더라도 나와 같은 시간을 꼬박 기다려야 취할 수 있다는 점도 꽤 매력적이다. 물론 욕심을 내어 온실에서 키워 사시사철 먹을 수도 있겠지만, 봄이 없는 쑥이, 기다림이 없는 쑥이 그 맛이겠느냐. 괜히 욕심을 부렸다가 감질나게 기다렸다 먹는 재미마저 잃고 말 테다.

깨소금 입힌 냉이,
그것은 맛의 뫼비우스 띠

쑥이 쑥쑥 자라면, 시장 좌판이 종으로 횡으로 점점 넓어진다. 쑥 옆에 냉이, 냉이 옆에 달래, 달래 옆에 두릅, 두릅 옆에 유채나물, 유채나물 옆에 돌나물…. 굴비 엮듯 봄철 들나물, 산나물의 행렬이 간단없이 이어진다. 나는 전국구 봄나물 중에서 냉이에 특히 애착한다. 쑥이 향은 좋으나 씹는 재미가 없어 아쉽다면, 냉이는 향과 식감 모두를 겸비했다. 특히 다른 봄나물들이 대부분 한 가지 부위로 이뤄지지만, 냉이는 잎과 뿌리 두 부위로 구성돼 있어 맛과 식감이 주는 즐거움이 더욱 풍성하다. 냉이는 다듬는 과정이 다소 번거롭긴 하다. 나 또한 장 볼 때는 신나서 사놓곤, 냉장고 속 냉이 때문에 괜히 스트레스를 받곤 한다. 그런데 막상 결심하고 냉이를 다듬기 시작하면 귀찮은 마음은 감쪽같이 사라지고, 온몸이 설렘으로 출렁댄다. 줄기와 뿌리가 이어진 부분에 들러붙은 흙과 뿌리의 잔털을 과도로 살살 긁으면 쌉싸래하고 향긋한 냉이 향이 몽실몽실 살아난다. 그 그윽한 향은 냉이를 다듬는 사람만이 맡을 수 있다. 노동하는 사람만이 즐길 수 있는 특권이다.

향에 취해 다듬은 냉이를 물에 헹궈 남은 흙과 모래를 털어낸다. 팔팔 끓는 소금물에 냉이를 잠시 넣었다 꺼내 숨을 죽인 후 채반에 받쳐 물기를 날리며 식힌다. 나는 데친 나물을 양념할 때는 온기가 어느 정도 남아 있는 상태에서 무치는 편이다. 그래야 양념이 더 고루 잘 묻는 느낌이 든다. 냉이가 마지막 열기를 뱉어낼 즈음 도마로 옮겨 듬성듬성 썬 후 볶아서 간 깨와 가는소금을 뿌리고 손아귀에 힘을 실어 리듬 타듯 쥐었다 놓았다를 반복한다. 이때 코를 강타하는 고소하고 향긋한 향에 다리가 풀릴 지경. 이 또한 일하는 자만이 즐길 수 있는 특권. 그 자리에서 엄지와 검지, 중지로 냉이를 들어 올려 입에 넣고 우걱우걱 씹는다. 와아! 깨소금 옷을 입은 냉이가 고소하고 향긋하고 쌉싸래하고 짭짤

하더니 씹을수록 뿌리에서 구수한 맛이 올라오며 맛의 뫼비우스 띠를 이룬다. 지상에 이보다 더 중독성 강한 맛이 있을까. 한 입, 두 입 거듭해서 입에 털어 넣고선 단전에서 올라오는 탄성에 절로 입을 벌리고 발을 동동 구른다.

오직 깨소금만으로 버무린 냉이는 밥반찬 혹은 술안주로 먹어도 좋지만, 솥밥에 올려 먹으면 밥의 온기에 향이 되살아나 더 깊은 감동을 안긴다. 집마다 전기밥솥으로 밥을 짓기 시작하며 '솥밥'이라는 단어는 그 자체로 낭만성을 띠기 시작했다. 이 세상에 "솥밥 먹고 갈래?"보다 설레는 말이 있을까. 보통 솥밥을 지을 때 센불에서 밥물이 끓고 난 직후에 부재료를 넣지만, 냉이 솥밥의 냉이는 이미 조리했으므로 뜸 들일 때 넣는다. 밥이 다 지어져 뜸 들일 타이밍에 뚜껑을 열고 뽀얀 쌀밥 위에 냉이를 살포시 올린다. 10여 분 후 뚜껑을 다시 열면 기름기가 자르르 흐르는 구수한 쌀밥 냄새에 냉이 향이 더해져 행복감이 머리끝부터 발끝까지 차오른다. 냉이가 뭉그러지지 않도록 주걱으로 밥을 살살 저으며 조심조심 섞는다. 잘 섞은 냉이 솥밥은 그대로 공기에 옮겨 내도 좋지만, 더 멋을 부리고 싶다면 한입 크기로 굴려서 주먹밥을 만드는 것도 방법이다. 특히 술을 곁들인 손님

상에 냉이 솥밥을 한 입 크기의 주먹밥으로 내면 먹기도 편
하고 사진에도 예쁘게 잘 담긴다.

'개'맛있는 개두릅

봄나물 하면 반사적으로 쑥, 냉이, 두릅, 달래 등을 떠올린다. 이렇듯 전국구에서 통하는 나물이 있는가 하면, 지역에서만 국지적으로 소비하는 나물도 존재한다. 예부터 정착 농경 사회가 이어져온 우리나라는 연초면 지난가을 거둬들인 곡식이 서서히 바닥났다. 벼를 베고 숨 돌릴 틈 없이 바로 밀이나 보리를 심었지만, 음력 4월에나 여물었다. 그사이 식량이 빈궁해진 때를 '보릿고개'라 불렀다. 우리 조상들은 배를 곯으면서도 자조적인 투로 "세상에서 가장 넘기 힘든 고개가 보릿고개"라고 난센스 같은 농담을 주고받았다. 초근목피草根木皮, 즉 풀뿌리와 나무껍질을 먹으며 겨울을 견뎠다. 혹자는 보릿고개에 초근목피로 연명한 숱한 경험이 전쟁 때마다 우리 민족이 산에 숨어 버티는 힘이 됐으며, 그로 인해 나라와 민족의 명맥이 이어졌다고 했다. 혹독한 겨울이 지나고 봄에 산과 들에 새순이 눈뜨면 그보다 반가울 수가 없었다. 마을 뒷산이나 앞뜰, 강가나 바닷가에 불쑥 얼굴을 디민 새순을 귀신같이 찾아 먹었다. 그런데 이때 우리나라는 오밀조밀 산도 많고 강도 많은 복잡한 지형을 띠어 이웃한 지역이더라도 풍토가 미묘하게 달랐다. 지역마다 뿌리내리는 식물이 다르니 부락마다, 집안마다 대대로 먹어 익숙한 봄나물에도 차이를 보였다.

엄나무순, 오가피순, 참죽나물, 머위, 제피잎, 부지깽이, 구기자순, 둥글레순, 고비나물, 쇠비름나물, 다래순, 아주까리나물 등 전국에서 취해온 봄나물에는 별의별 것이 다 있다. 그중 부모 때 대구에서 부산으로 이주한 우리 가족은 엉게를 즐겨 먹는다. 엉게가 뭐냐면 개두릅이다. 개두릅이 뭐냐면 엄나무순이다. 엄마에게 엄나무순이라 하면 단박에 알아듣지 못할 정도로 남도 사람들에게는 엉게나 개두릅이라는 이름이 더 익숙하다. 엉게가 발음하기 어려운 엄나무순을 단순화한 사투리 용어라면, 개두릅은 가짜 두릅이라는 의미로 붙은 이름이다.

'개'라는 접두사가 붙은 단어에는 개두릅 외에 개복숭아, 개나리, 개망초, 개다래, 개떡 등이 있다. 이들은 그 뒤에 붙은 명사가 지칭하는 것과 유사하지만 같지는 않은 존재 혹은 그것 중 가장 품질이 떨어지는 존재를 의미한다. 일례로 엄나무순인 개두릅은 사람들이 두릅과 헷갈리면서도 두릅만큼 귀하게 여기지 않는다는 의미에서 이름 붙었다. 한편, 개복숭아는 품종 개량하지 않은 야생 복숭아로 복숭아 중에서 품질이 떨어진다는 의미로 '개'가 붙었다. 반대의 개념으로는 '참'이 있다. 참새, 참깨, 참외, 참나물, 참나무, 참다래 등이 일례로, 그중에 가장 품질이 좋은 것을 의미한다. 그런데 봄이 왔음을 가장 먼저 알리는 개나리가 나무랄 데 없이 환하고 예쁘듯, '개'가 붙은 개체가 '참'이 붙은 개체보다 더 맛있거나 멋있는 경우들이 많다. 가장 대표적인 예가 개두릅이다. 개두릅은 요즘 말마따나 '개'맛있다.

나는 두릅을 즐기지 않는다. 엄나무순보다 굵으며 수분 함량이 높아 조직이 무른 두릅의 물컹한 식감이 별로다. 맛은 흐리멍덩한데 즙은 지나치게 풍부하여 자칫하면 물비린 내가 나는 것이 영 입맛에 맞지 않다. 한편, 대가 얇고 야문 엄나무순은 어떻게 익혀도 살캉한 식감을 잃지 않는다. 적당히 잘 익혔을 때의 아삭한 식감과 짓이겨지는 껍질 사이로 드러나는 부드러운 속살, 싱그러운 채즙이 입은 물론 정신까지 맑게 해준다. 연속되는 적당히 쌉싸래한 맛이 아무리 먹어도 물리지 않게 하는 동시에 어쩐지 세련된 느낌마저 준다. 유치하지 않은 어른의 맛이랄까. 엄나무순은 소금물에 살짝 데쳐 그냥 먹을 때 가장 맛있지만, 누군가는 쌉싸래한 맛 때문에 혀가 아릴지 모른다. 엄나무순이 낯선 사람들에게 선보일 때는 새콤달콤한 초고추장을 함께 내주거나밀가루에 고추장을 살짝 풀어 장떡을 부쳐주는 것도 좋은방법이다. 잘 달군 팬에 기름을 두르고 뻘건 장떡 반죽을 한입 크기로 부어 국자로 동그랗게 편 후 그 위에 엄나무순 여린 대를 길이대로 잘 펼쳐 올리면 보기에도 아름답기 그지없다. 시네밋터블 〈벌새〉 회차를 진행하며 엄마, 혹은 동향인인 보안여관 최성우 대표님이 엄나무순을 나눠주면 그것으로 장떡을 부쳐 올리곤 했다. 장떡 한 장에 밥은 냉이 솥밥, 국은 애쑥된장국. 내가 차린 밥상이지만 단침을 꿀떡 삼킬 정도로 탐스럽고 맛있다. 그것을 회상하는 지금, 봄이 오려면 아직 멀었음에 애달픈 마음이 쌓여간다.

인생 최고의 목걸이

2019년 4월 남동생과 단둘이 경북 봉화로 2박 3일 여행을 떠났다. 꼭 묵고 싶은 숙소가 있었고, 그 전해에 문 연 국립백두대간수목원의 호랑이가 보고 싶어서였다. 경북 위쪽 끄트머리에 있는 봉화는 산 넘으면 강원도 태백이라더니 4월 끝자락에도 봄이 올까 말까 했다. 앙상한 매화나무 가지에 매달린 꽃봉오리가 겨우 보풀기 시작했다. 여전히 시베리아에서 불어온 삭풍이 위세를 부리는 걸 보며, 이 작은 땅덩이에서 지역마다 이토록 계절이 오는 속도가 다르다니 역시나 재미있는 나라라는 생각이 들었다. 두메산골 봉화에서 유유자적하던 우리는 여행 마지막 날, 그냥 헤어지기 아쉬워 즉흥적으로 경주까지 가보기로 했다. 가는 길에 출장 다니며 점찍어놓은 도산온천에 들러 야무지게 목욕도 하고, 도산서원도 구경했다. 훈풍이 살랑살랑 마음을 흔드는 경주에 다다르니 더 집에 가기 싫어졌다. 남편에게 양해를 구하고 아무 숙소나 잡아 하룻밤을 더 지내기로 했다.

다음 날 아침, 교리김밥으로 든든히 배를 채우고 불국사로 향했다. 주차장 입구부터 꼬리에 꼬리를 문 차량 행렬로 꽉 막혀 있었다. 주차하는 데만 한 시간 넘게 걸렸다. 토요일이긴 했으나, 우리나라 사람들이 이토록 유적지에 진심인 줄 미처 몰랐기에 적지 않게 당황했다. 혼이 반쯤 나간 채로 일주문을 통해 사찰로 들어서니 차량에서 쏟아진 인파는 온데간데없고 한적했다. 절을 한 바퀴 둘러보고 나와 주차장으로 향하는 길에 한쪽 화단 혹은 공터에 사람들이 바글바글한 것이 보였다. 우리만 모르는 재미있는 일이 벌어지고 있는 것 같았다. 호기심에 이끌려 다가가자 이내 별천지 같은 풍경이 펼쳐졌다. 분홍색으로 물든 꽃인지 열매인지를 주렁주렁 매단 나무 수십 그루가 도열해 있었다. 나무들도 자신이 매단 것의 무게가 감당되지 않는지 가지를 위로 뻗지 못하고 축축 처지고 늘어져 있었다. 분홍색 유리를 끼운 선글라스를 쓴 양 시선 닿는 곳마다 온통 분홍빛을 띠었다. 순간 무릉도원인가, 생각했다. 물론 무릉도원이라고 하기엔 인파가 너무 많았지만.

'염불에는 맘이 없고 잿밥에만 맘이 있다.' 불국사 주차장에 차를 대놓고 다들 그 옆 화단인지 공터에 핀 꽃 무더기에 옹기종기 모여 있는 광경을 보니 옛 속담이 떠올라 피식 웃음이 났다. 천년 고찰로서 보통 자존심 상할 일이 아니다. 단순히 꽃구경하러 온 사람이 있는가 하면, 아예 날 잡고 기념 촬영하러 온 사람도 있었다. 여기저기서 공식처럼 나무 그늘에 핑크색 피크닉 매트를 깔고 로제 와인이 든 잔을 쥔 채 핑크색 옷과 액세서리를 두르고 온갖 포즈를 취하고 있었다. 미세 먼지 농도가 나쁨 수준인 데다 협소한 공간에 몰린 인파가 일제히 발을 구르며 뿌연 흙먼지가 나풀나풀 피어올랐다. 입이 텁텁할 지경이었다. 그럼에도 능수벚꽃과는 또 다른 매력을 지닌 겹벚꽃을 감상하는 일을 멈출 수 없었다. 100겹의 파이처럼 꽃잎이 겹겹이 감싼 겹벚꽃은 한 송이씩 피는 게 아니라 가지 끝에서 여러 송이가 덩이로 피어 더 보암직했다. 우리 주변에 국화, 장미 등 겹꽃이 흔한데도 겹벚꽃에 공연히 더 끌리는 이유는 아무래도 바스라기처럼 얇고 마른 꽃잎에 있지 않을까. 하늘하늘한 색화지처럼 얇고 가벼운 꽃잎이 모여 큰 부피감과 묵직한 무게감을 완성한다는 반전 매력 때문에 겹벚꽃에 더 끌리는 것 같다.

때를 잘 골라 의도하지 않게 겹벚꽃까지 구경하고 석굴암으로 향했다. 비교적 한산한 석굴암 주차장에는 해변에서나 봄직한 파라솔 행렬이 눈에 띄었다. 오랜 세월 햇빛에 색이 바랜 파라솔이었다. 가까이 가서 보니 총천연색의 파라솔을 바래게 한 강렬한 햇볕에 피부가 오그라들고 새까맣게 그을린 할머니들이 관광객을 대상으로 먹을거리를 이것저것 늘어놓고 팔고 있었다. 봄나물이 제철일 때라 좌판이 온통 푸르른 빛을 띠었다. 초록 일색의 좌판에서 초록색과 대비되는 보라색 잎이 밑동을 감싼, 반가운 얼굴을 발견했다. 엄나무순이었다. 그런데 놀랍게도 엄나무순을 그냥 펼쳐놓고 파는 것이 아니라 꼬아 만든 새끼에 일일이 꿰어 크리스마스 리스, 혹은 목걸이 모양으로 만들어 팔고 있었다. 심지어 플라스틱 노끈이 아니라 볏짚을 전통적인 방식으로 꼬아 만든 새끼였다. 그렇게 해놓으니 백화점 식품관 진열대에 놓인 수십 만 원 상당의 보리굴비 못지않게 귀한 식재료 같아 보였다. 역시 격이 다른 고도古都 경주다웠다.
풍류와 아취를 아는 신라의 후손다웠다.

허브보다 몇 수 위의 봄나물

노상에서 파는 것치곤 가격이 있었지만, 사지 않을 핑계가 되지 못했다. 세상에서 이렇게 싱그럽고 고상하며 우아한 장식이 어디 있겠는가. 심지어 실컷 구경하다 먹기까지할 수 있다. 집에 와서 보니 더욱 그러했다. 직접 캤거나 무더기로 건네받은 엄나무순 중에서 상품上品에 해당하는 여리여리하고 싱싱한 어린 순만 손수 고르고, 그중에서도 비슷한 크기로 추렸으니 보암직할 뿐 아니라 더 바랄 게 없을 정도로 질이 좋았다. 사진을 한 100장 찍었다. 아무런 고민과 기교 없이 찍어도 작품이 탄생했다. 요리하기 위해 하나하나 풀 때도 조심조심, 세척하고 요리할 때도 더 세심하게 신중을 기했다. 그보다 더 의미 있는 의식이 없으며, 더 재미있는 놀이가 없고, 더 맛있는 요리가 없었다.

나는 봄나물을 비롯한 이 땅의 나물이 이국의 허브보다 더 개성 강하고 매력 있다고 확신한다. 식문화가 육식 위주로 발달한 유럽에서 단순히 육고기 잡내를 없애기 위해 부수적으로 발전한 허브 문화가 우리의 나물 문화보다 우수하거나 대단할 수 없다. 때로는 입을 즐겁게 하고 때론 배를 불리기 위해 열매의 싹을 틔우고, 뿌리를 캐고, 잎을 따 먹는 우리의 나물 문화는 계절마다 지역마다 재료부터 조리법까지 차이를 보이며 무한대에 가깝게 발전했다. 이보다 더 깊이 있고 다채로운 채식 문화가 전 세계에 아마 없을 터. 우리 식탁은 많은 부분 서구화됐지만, 우리에게는 여전히 독창적인 채식 DNA와 채식 레거시가 남아 있다. 그리고 그것을 견고히 견인하는 것이 바로 잡풀이 무성한 산과 들에서 귀신같이 나물을 캐고, 그것을 먹을 수 있게 다듬고 조리하며, 데쳐 먹고, 무쳐 먹고, 볶아 먹고, 절여 먹고, 튀겨 먹고, 밥해 먹는 나물 문화다. 맵고 짜고 달고 시고 쓴 나물은 우리의 미각을 남다른 수준으로 발달시켰으며, 식물의 독성을 다스리는 과정에서 삶의 지혜와 조리법도 축적됐다.

요즘은 해외여행 경험이 쌓이며 이런 이야기가 쏙 들어 갔지만, 십수 년 전만 해도 유효했던 우스갯소리가 있었다. 유럽 등지에 패키지 투어로 여행을 간 어머니들이 자유 시 간에 자꾸 들이나 공원 화단 등지에서 쑥을 캔다는 얘기였 다. 문제는 해외에서는 공공장소에서 채집하는 행위가 불 법이어서 걸렸다간 거액의 벌금을 물 수 있으므로 이 이야 기는 마냥 웃을 수 없는 가이드의 푸념 섞인 사연이었다. 그 런데 이때 어머니들은 쑥을 먹기 위해 캤을까? 아니다. 일 정 내내 들고 다니다가 비행기를 타고 집으로 가져갈 수 있 을 만큼 쑥이 보존성이 좋지 않다는 사실은 누구보다 어머 니들이 더 잘 안다. 그것은 그저 본능에 충실한 행동이다. 아마 가이드가 제지하는 순간까지 본인이 무엇을 하고 있 었는지 인지하지 못한 경우도 있었을 것이다.

이어령 교수님이 생전에 한식의 차별성과 독창성에 관 해 이야기하며 나물을 언급한 부분이 무척 흥미롭다. 교수 님은 "나물을 캐는 여인의 모습은 중국이나 일본에서 볼 수 없는 한국 특유의 정경"이라며, "농경 문화와 산업 시대를 지나며 서구 사람들은 채집 문화를 망각했으나, 유독 한국 인만은 문명의 변화 속에서도 채집 시대의 흔적인 나물 문화를 그대로 간직하고 있다"고 서술했다. 나물이라는 식재료를 이야기하며 무궁무진한 종류, 먹는 방법은 물론, 그것을 구하는 방법까지 조명하고 그 속에서 구석기 채집의 시대까지 거슬러 올라가 들여다볼 수 있다니 이보다 독창적인 식문화가 또 있을까. 채식이 점점 각광받고 일상화되는 흐름 속에서 김치에 이어 나물이 재발견되는 날이 머지않아 오리라 본다. 나물의 가치를 제대로 알릴 수 있는 순간을 기다리며 우리는 이를 대하는 경주 할머니들의 지혜와 마음가짐을 배울 필요가 있겠다.

나의 계절, 나의 과일

　뒷받침할 만한 과학적 근거는 찾지 못했지만, 나는 사람들이 자신이 태어난 계절과 그 계절에 나는 과일을 선호하는 경향이 있다고 믿어왔다. 실제로 새로운 사람을 만날 때마다 좋아하는 과일을 물은 후 몇 월생인지 확인하곤 하는데, 대체로 내 가설이 맞았다. 물론 틀릴 때도 종종 있었지만. 3월에서 4월로 넘어가는 무렵 태어난 나는 딸기를 좋아한다. 내가 가진 유구한 기억 중 하나가 딸기와 깊이 관련돼 있다. 정확히 얼마나 어렸는지 기억나지 않으나, 엄마랑 엄마 친구 집에 놀러 갔을 때의 일이다. 나만 거실에 두고 두 분이 잠시 안방에 들어가 있었던 듯싶다. 사실 그 전까지의 기억은 없고, 시간이 조금 흘러 두 분이 다시 거실로 나온 순간부터 기억한다. 아주머니가 거실로 나오며 소리를 질렀기 때문이다. "어머, 쟤 지금 딸기를 꼭지째 먹은 거야?", "쟤 딸기 처음 먹어봐?" 뭐 이런 내용이었던 듯싶다. 엄마와 나 먹으라고 소파 테이블에 올려둔 딸기를 내가 꼭지째 다 먹은 것이다. 아주머니 입장에서는 신기하고 놀라운 마음에 반사적으로 나온 반응이었겠지만, 어린 나는 당시 약간의 수치심을 느낀 것 같다. 어정어정 걸을 만큼 어렸음에도 그 기억이 생생하며, 그 후로 그 아주머니를 그다지 좋아하지 않았던 걸 보면 말이다.

그래도 다행인 것은 그날 기억으로 인해 딸기를 싫어하게 되진 않았다는 점이다. 트라우마 운운하기엔 너무나 사소한 일이지만, 웬만큼 맛있지 않았으면 그날의 기억이 트라우마로 남아 딸기를 부정적으로 인식했을지도 모른다. 하지만 그러기엔 딸기는 너무 맛있지 않은가. 얼마나 맛있었으면 빳빳하고 질긴 꼭지까지 작은 젖니로 오물오물 씹어 삼켰을까. 딸기는 새콤하고 달콤하고, 겉은 무른 것 같지만 속은 아삭하며, 어떻게 고체의 형태를 유지하는지 궁금할 정도로 과즙이 풍부하면서 때때로 어금니 사이에서 으

깨지는 씨의 단단한 식감이 씹는 재미까지 선사한다. 그야 말로 천상의 맛이다. 이토록 맛있는 딸기는 모름지기 딸기의 맛으로 즐겨 마땅하지만, 요즘은 딸기 씨알이 점점 굵어지고 품종이 다양해지며 꼭 복숭아 향이 나는 것부터 당도가 높으며 과육이 단단해 각설탕을 씹는 듯한 착각을 일으키는 것까지 매력이 새로 보태진 것 또한 흥미롭다.

한겨울 귤을 많이 먹으면 손이 노래지듯, 한봄이면 손톱 밑이 붉게 물들 정도로 딸기를 입에 달고 살았다. 그런데 어느 순간부터 그 순수한 사랑과 열정이 시들해졌다. 나도 1년에 한 번 탈까 말까 한 비행기를 타고 이국의 과일이 겨울부터 봄까지 차곡차곡 넘어오며 선택지가 많아진 탓도 있다. 하지만 그보다는 아마도 딸기가 예전처럼 1년에 두어 달 허락되는 별미가 더 이상 아니어서일 듯싶다. 얼마 전 봄 과일인 딸기를 이제 대부분 하우스에서 불을 때 가온加溫 재배하다 보니 겨울에 뺏긴 기분이 든다고 푸념을 늘어놓자 그 자리에 있던 지인이 흠칫 놀란 것이 기억난다. 나보다 열 살쯤 아래인 그녀는 딸기가 봄 과일이라는 사실조차 잊은 눈치였다. 지구온난화로 식재료가 나는 시기가 점점 당겨지고 들쑥날쑥해진다지만, 딸기는 아예 한 계절을 거슬렀다.

겨울에 빼앗긴 딸기

딸기 시즌이 유독 빨라진 데는 여러 요인이 있지만, 그중 봄보다 겨울에 팔 때 이윤이 더 많이 남는 점이 크게 작용했으리라 본다. 우선 겨울에 국내에서 나는 과일은 귤이 전부다. 경쟁 상대가 귤밖에 없다는 얘기. 귤 중에서도 황금향, 레드향, 한라봉, 천혜향 등의 만감류가 12월부터 순서대로 시장에 나오며 우리를 즐겁게 하지만, 긴긴 겨울을 귤만 먹기에는 영 아쉽다. 그래서 언젠가부터 틈새시장을 겨냥하여 남반구에서 수입한 포도, 망고, 애플망고, 키위, 체리 등으로 과일 좌판을 알록달록 채우기 시작했다. 같은 이유로 국내의 농가들은 봄을 대표하는 과일인 딸기를 비닐하우스에서 가온 재배하며 겨울 시장을 공략하기에 이르렀다.

수분이 많고 겉이 무른 딸기는 특히 불 땐 실내에서 안정적으로 잘 자랐다. 겨울철 적당한 온도를 유지하며 필요로 하는 최소한의 수분을 조금씩 보충해주면 봄철에 노지 재배하거나 무가온 하우스 재배하는 것보다 시간적 여유를 두고 안전하게 키울 수 있었다. 그 덕에 씨알이 굵고 신맛 없이 당도가 높아졌다. 실제로 내가 어릴 적 먹던, 봄에 노지에서 자란 딸기는 지금처럼 크지 않았다. 씨알이 점점 굵어져 하트 닮은꼴까지 나오는 요즘 딸기에 비하면 옛날 딸기는 고집스러울 정도로 작고 딴딴하고 땅딸막했다. 겨울은 기온이 낮아 유통하는 데 유리한 점 등 농가 입장에서는 딸기를 겨울 과일로 둔갑시킨 덕에 얻는 이점이 여러모로 많다.

우리 같은 소비자 입장에서도 빨갛고 예쁘며 달고 과즙이 풍부한 딸기를 먹을 수 있어 겨울이 덜 심심하게 느껴진다. 특히 SNS의 영향으로 굳어진, 뭐든 남보다 빨리 경험하고 자랑하고 싶은 심리와 맞물려 딸기가 늦가을에 해당하는 11월부터 출하하기 시작했으니 언젠가 '겨울딸기'도 옛말이 되는 날이 올지 모르겠다. 앞선 문장을 처음 떠올렸을

때만 해도 농담 던지듯 가벼운 마음이었으나, 곱씹으면 곱씹을수록 그렇다. 2019년까지만 해도 국내에서 가장 많이 팔린 과일은 사과였다. 잘은 몰라도 '연간 과일 매출'을 조사하고 기록한 이래 쭉 사과가 부동의 1위였을 것이다. 그런데 2020년부터 딸기 혹은 포도가 1위를 차지하기 시작했다. 1~2인 가구가 늘어나며 작은 단위로 판매하는 과일이나 껍질을 벗기지 않고 먹을 수 있어 쓰레기가 거의 남지 않는 과일을 선호하는 경향이 강해졌다. 또, 사람들은 SNS에 올릴 만큼 어딘지 새롭거나 남다른 면이 있는 과일을 찾기 시작했다.

사과도 껍질째 먹을 수 있는 제품을 소포장해서 팔며, 부사 외에 시나노골드, 시나노스위트, 홍로, 양광, 감홍 등 다양한 품종으로 소비자를 유혹하고 있지만 출발이 다소 늦은 감이 있다. 또, 부사가 저장성이 높아 사시사철 먹을 수 있는 점도 젊은 세대에게는 사과 자체의 매력을 떨어뜨리는 요소로 작용한다. 더불어 지구온난화로 기온이 오르며 한반도에서 사과의 입지가 점점 좁아지고 있다. 사과 주산지가 대구·경북에서 강원도까지 북상했으며, 전체 생산량은 점점 줄고 가격은 오르고 있다. 사과만의 사정이 아니다.

앞서 딸기가 봄 과일이었다고 했는데, 이 글을 쓰며 뒤늦게 자료를 찾아보니 딸기는 1970년대만 해도 여름 과일이었다고 한다. 그 말인즉, 70년대 이미 지구온난화가 우리 일상에 영향을 끼쳤음을 의미한다. 한편, 지구온난화를 지구가열화로 바꿔 부를 정도로 기후 위기가 심각해진 현 상황에서 사과 농사가 더 시원찮아지면 농가들은 사과밭을 엎고 그 위에 비닐하우스를 설치하고 딸기 모종을 심을지 모른다. 그럼 정말 '가을 딸기'라는 단어를 수시로 발음하게 되리라. 딸기가 여름에서 봄, 봄에서 겨울, 겨울에서 가을로 세 개의 계절을 거스를지 모른다고 상상하니 기가 막힐 노릇이다.

기후 위기 시대에
딸기가 주는 메시지

2022년에 기후 위기를 다룬 매거진《1.5℃》를 두 권 만들었다. 그중 한 권의 주제를 내가 가장 관심 있는 F&B로 선정하고, 키워드를 '기후 미식'이라 잡았다. 음식을 소비하는 사람과 생산하는 사람이 기후 위기에 미치는 영향과 역으로 기후 위기가 소비자와 생산자에게 미치는 영향을 칼럼과 에세이, 인터뷰, 좌담, 화보, 인포그래픽 등 다양한 방식으로 두루 알아보고 엮어냈다. 그중 모순된 두 가지 생각이 상충하며 가장 복합적인 마음이 들게 한 것이 실내 수직 농장이었다. 덴마크 코펜하겐 인근에 위치한 노르딕 하비스트Nordic Harvest가 바로 그 실내 수직 농장이다. 곁에서 봤을 때는 화물선에서 굴러떨어진 컨테이너 같지만, 그 속은 SF 영화에 등장하는 미래형 공장처럼 생겼다. 식물을 심은 트레이를 높은 천장까지 칸칸이 쌓고 AI 기술을 활용해 필요한 빛과 수분, 영양분, 탄소를 철저한 계산을 통해 공급하는 수경 공장, 아니 농장이다. 너무나 인공적이고 인위적이어서 어떻게든 허점을 찾아 비판하고 싶은 마음이 일었다. 특히, 실내 농장은 밀폐한 상태에서 LED 조명으로 빛을 쏘기 때문에 실내 온도가 오를 수밖에 없다. 식물이 잘 자랄 수 있는 일정 온도를 유지하려면 에어컨을 상시 가동해야 한다. 그만큼 전력 소비가 크다. 또, 영양액과 배지를 생산하고 폐기하는 과정에서 다량의 환경 오염 물질을 배출한다. 이 정도면 허점을 찌를 수 있을 것 같았다.

하지만 노르딕 하비스트는 필요한 전기를 100% 재생 에너지로 공급하며, 영양액과 배지에 쓰이는 영양분은 식품 폐기물을 재활용해 만든 것을 활용한다. 또, 다 쓴 영양액과 배지 그리고 재배한 식물에서 나온 폐기물은 다시 영양액과 배지로 가공하여 재활용한다. 물도 100% 정수 처리하여 재활용하는 등 농장 안에서만 순환하도록 제어한다. 그야말로 배출하는 오염 물질이 0에 수렴한다. 그뿐 아니다.

북유럽 국가인 덴마크는 소비하는 식품의 70%를 다른 유럽 국가에서 수입하며, 그중 과채류의 비중이 높다. 이런 상황에서 실내 수직 농장을 활용하면 유통 과정에서 배출되는 탄소를 대폭 줄일 수 있다. 특히 농장을 도시 인근에 마련해 전력을 끌어 쓰는 과정에서 낭비되는 전기를 최소화했으며, 소비자를 만나기까지 배출되는 탄소도 줄였다. 나아가 수직 농장의 특성상 면적 대비 생산량이 높아 더 많은 농지를 숲으로, 그린 카본으로 되살릴 수 있는 가능성을 지녔다. 노르딕 하비스트의 대표 안데르스 리만Anders Riemann의 주장 중 "더 많은 사람과 자산이 도시에 밀집해야 한다", "인구가 도시 밖으로 흘러 나가는 것을 막아야 한다"는 의견이 특히 인상 깊었다. 보통은 반대의 주장을 하지 않던가. 그렇게 생각하고 주창하는 근거는 인간이 가능한 한 작고 좁은 공간에 모여 지내야 더 많은 땅을 자연에 돌려줄 수 있기 때문이라고. 자신의 실내 수직 농장은 그 지향점에 닿기 위한 하나의 수단일 뿐이라고 그는 말했다.

딸기 이야기하다 말고 이렇게 장구하게 지구온난화와 실내 수직 농장 이야기를 한 이유는 딸기 제철을 봄에서 겨울로 당긴 것처럼, 인간의 편의를 위해 자연의 순리를 깬 결과와 그것이 미칠 미래를 함께 상상해보고 싶어서다. 언젠가는 정말 실내 수직 농장을 통해 딸기를 사시사철 재배하는 날이 올지도 모른다. 이미 기술은 있으나 투자 대비 수익이 낮아 상용화하지 않았을 수도 있다. 만약 그렇게 된다면 어떨까. '제철 식재료', '제철 음식'이라는 개념은 아예 현실에서 사라질 것이다. 기다림의 미학을 잃은 인류는 욕구를 충족하기 위해 소비할 뿐, 소비에 관한 고찰이나 성찰은 더 이상 기대할 수 없을 것이다. 열 달을 꼬박 기다리지 않고도 매일 먹을 수 있는 딸기라니, 그만큼 따분하고 매력 없는 게 있을까. 식탁에 오르는 식재료는 더 풍성해질지라도 그 위에 쌓이는 이야기는 점점 빈약해질 것이다. 아니, 사시사철 맛있는 딸기가 식탁에 오를 수 있는 환경에서 감이나 배, 참외, 대추처럼 비교했을 때 당도가 낮고 인기가 덜한 과일이 과연 생존할 수 있을지도 미지수다. 고로 식재료 또한 점점 빈약해질 게 자명하다. 또, 노르딕 하비스트처럼 나름의 철학을 가지고 환경에 영향을 최소화하는 기술을 개발하고 도입하지 않는 이상, 가깝게는 불을 때 온도를 유지하는 비닐하우스가, 멀게는 공장형 농장이 기후 위기를 더욱 앞당길 것이다.

지구온난화는 우리에게서 점점 계절을 앗아간다. 지구 시스템이 고장 난 탓이지만, 자연을 원망할 순 없다. 애초에 시스템을 고장 낸 것이 우리 인간이니. 봄이 점점 짧아지고 있음을 우리 모두가 느끼는 바다. 날아드는 미세 먼지에 예전처럼 봄을 마냥 반길 수도 없다. 봄 딸기를 잃어버리고 잊어버렸듯 언젠가 우리는 봄을 상실할지 모른다. 이 책은 그때를 가정하고 대비해 미리 봄을 기록하는 목적으로 쓰지 않았다. '그럼에도 불구하고' 봄이 미천한 내게 여전히 너그러이 허락하는 행복, 기대, 설렘, 새로 시작할 용기를 이야기함으로써 더 많은 사람에게 계절의 가치를 일깨우기 위해서다. 좋아하고 아끼는 것을 누군가 빼앗으려 할 때 그것을 지키기 위해 인간이 발산하는 힘은 괴력과 같다. 꼭 봄이 아니어도 자신이 좋아하는, 자신만의 계절이 사라지는 상상을 해보라. 아예 새로워진 기후에서 적응하고 생존하기 위해 사투를 벌이느라 사라진 계절을 그리워할 새도 없을지 모른다. 봄이 온다. 따뜻한 불의 기운을 안고, 새로 보암 직한 것들을 소생시키는 봄이 온다.

봄은 핑계고
놀고 먹고 일할 결심

2024년 3월 19일 초판 1쇄 발행

지은이 이주연
펴낸이 김은경
책임편집 이주연(산책방)
마케팅 박선영
디자인 황주미
경영지원 이연정
펴낸곳 ㈜북스톤
주소 서울시 성동구 성수이로7길 30, 2층
대표전화 02-6463-7000
팩스 02-6499-1706
이메일 info@book-stone.co.kr
출판등록 2015년 1월 2일 제2018-000078호

ISBN 979-11-93063-35-4 (03810)